中国教育学会中学语文教学专业委员会专家审定

青少年经典阅读书系〔名师解读〕
QINGSHAONIAN JINGDIAN YUEDU SHUXI

WAIGUO
XIANDANGDAI TONGHUA

外国现当代童话
【30则发人深省的外国童话】

《青少年经典阅读书系》编委会◎主编

首都师范大学出版社
CAPITAL NORMAL UNIVERSITY PRESS

图书在版编目(CIP)数据

外国现当代童话/《青少年经典阅读书系》编委会主编.—北京：首都师范大学出版社,2011.11(2020年7月重印)
(青少年经典阅读书系.寓言童话系列)
ISBN 978-7-5656-0530-7

Ⅰ.①外… Ⅱ.①青… Ⅲ.①童话-作品集-世界-现代 Ⅳ.①I18

中国版本图书馆CIP数据核字(2011)第222662号

外国现当代童话
《青少年经典阅读书系》编委会 主编

策划编辑	李佳健	

首都师范大学出版社出版发行

地 址	北京西三环北路105号
邮 编	100048
电 话	68418523(总编室) 68418521(发行部)
网 址	www.cnupn.com.cn
印 厂	汇昌印刷(天津)有限公司
经 销	全国新华书店发行
版 次	2012年7月第1版
印 次	2020年7月第4次印刷
书 号	978-7-5656-0530-7
开 本	710mm×1000mm 1/16
印 张	9.5
字 数	130千
定 价	24.00元

版权所有 违者必究
如有质量问题请与出版社联系退换

总 序
Total order

  被称为经典的作品是人类精神宝库中最灿烂的部分，是经过岁月的磨砺及时间的检验而沉淀下来的宝贵文化遗产，凝结着人类的睿智与哲思。在滔滔的历史长河里，大浪淘沙，能够留存下来的必然是精华中的精华，是闪闪发光的黄金。在浩瀚的书海中如何才能找到我们所渴望的精华——那些闪闪发光的黄金呢？唯一的办法，我想那就是去阅读经典了！

  说起文学经典的教育和影响，我们每个人都会立刻想起我们读过的许许多多优秀的作品——那些童话、诗歌、小说、散文等，会立刻想起我们阅读时的那种美好的精神享受的过程，那种完全沉浸其中、受着作品的感染，与作品中的人物，或者有时就是与作者一起欢笑、一起悲哭、一起激愤、一起评判。读过之后，还要长时间地想着，想着……这个过程其实就是我们接受文学经典的熏陶感染的过程，接受文学教育的过程。每一部优秀的传世经典作品的背后，都站着一位杰出的人，都有一个高尚的灵魂。经常地接受他们的教育，同他们对话，他们对社会与对人生的睿智的思考、对美的不懈的追求，怎么会不点点滴滴地渗透到我们的心灵，渗透到我们的思想和感情里呢！巴金先生说："读书是在别人思想的帮助下，建立自己的思想。""品读经典似饮清露，鉴赏圣书如含甘饴。"这些话说得多么恰当，这些感

总　序
Total order

受多么美好啊！让我们展开双臂、敞开心灵，去和那些高尚的灵魂、不朽的作品去对话，交流吧，一个吸收了优秀的多元文化滋养的人，才能做到营养均衡，才能成为精神上最丰富、最健康的人。这样的人，才能有眼光，才能不怕挫折，才能一往无前，因而才有可能走在队伍的前列。

"首师经典阅读书系"给了我们一把打开智慧之门的钥匙，会让我们结识世界上许许多多优秀的作家作品，会让这个世界的许多秘密在我们面前一览无余地展开，会让我们更好地去感悟时间的纵深和历史的厚重。

来吧！让我们一起品读"经典"！

国家教育部中小学继续教育教材评审专家
中国教育学会中学语文教学专业委员会秘书长

丛书编委会

丛书策划　李佳健
　　　　　　王　安
主　　编　李佳健
副 主 编　张　蕾
编　　委（排名不分先后）
　　　　　张　蕾　李佳健　安晓东　王　晶　高　欢
　　　　　徐　可　李广顺　刘　朔　欧阳丽　李秀芹
　　　　　朱秀梅　王亚翠　赵　蕾　黄秀燕　王　宁
　　　　　邱大曼　李艳玲　孙光继　李海芸

目录

月光宝剑 / 1

金银槌 / 5

猫鼠交友 / 9

一只小手套 / 12

神童 / 15

猫和公鸡 / 23

狼、狗和猫 / 27

稻草小公牛 / 31

噢赫 / 34

猫先生 / 42

忠实的朋友 / 45

小夜莺 / 53

黄鼠狼 / 54

聪明的姑娘 / 57

魔镜 / 62

皇帝的鬼耳朵 / 67

狐狸小姐 / 71

会滚动的小豌豆 / 76

奇迹 / 88

目录

好汉杰克 / *93*

灰狗谢尔科 / *98*

孩子和鳄鱼 / *101*

山羊、绵羊和狼 / *105*

蛇王 / *108*

石榴姑娘 / *114*

捷列西克 / *121*

吝啬王子 / *128*

三个孤儿 / *132*

匣子的秘密 / *136*

七头蛇妖与魔币 / *141*

月光宝剑

> 正义终将战胜邪恶,虽然会有所牺牲,虽然也会有曲折,但我们毫不怀疑。

森林里的居民给伏丽西建造了一座宫殿,伏丽西是位仙女。鸟儿轮流展开翅膀成为宫殿的屋顶,绿树是宫殿的圆柱,藤萝交织在一起构成宫殿的墙壁,蚕儿吐的丝织成了窗帘。千万只小虫组成壁毯的图案。宫殿里的鲜花排列成了座钟,当需要报时的时候,各种花瓣轮流一开一合。在宫殿的四个角落有热泉、冰泉、使人僵化的定泉、会说话的话泉。

文章开头为我们展现出了一个漂亮的宫殿,令人向往。

女妖莫兹住在漏水的巢穴里。她十分嫉妒伏丽西。有一天,她把自己的姐妹们和属于蛇类、蝙蝠类的亲戚们召集起来。他们被训练成军队,让训练有素的魔鬼驮着这些士兵。于是,在莫兹的带领下,队伍出发了。

与前文仙女的住所形成对比。

莫兹头戴军帽,帽檐盖住了她脸上的皱纹和凶恶丑陋的表情。一颗勋章在她干瘪的胸前发着红光,两枚金质的肩章闪闪发亮地挂在她的骷髅肩膀上。她带领队伍直奔伏丽西的宫殿而去。

干瘪(gānbiě):干而收缩,不丰满。

仙女看见大兵逼近,连忙穿上铠甲,戴上金盔。金盔下面露出她柔美光亮的鬈发。鸟儿们率先飞出去迎战魔马,啄瞎了魔马的眼睛。鹿儿用角刺穿了敌人的肚子。藤萝缠绕在一起就像套马索一样缠住正在奔跑的女妖的脖子。这时,受了伤的莫兹狠命夹住她骑的马,用一只手按着流血的腰部,用另一只手扔出一股地狱的火焰。于是,轰隆一声爆炸了,伏丽西在浓烟里消失了。妖

两段对比,说明妖魔的丑和仙女的美。

> 废墟(fèixū)：城市、村庄遭受破坏或灾害后变成荒凉的地方。

怪们发出胜利的怪叫，在冒烟的废墟上狂乱跳跃。莫兹急忙跑到宫殿四角的泉边，改变了冰泉的流向，在热泉里下了毒，把被杀死的魔鬼的尸体扔进定泉，然后，她抓起一把青苔堵着自己的耳朵，还封上了话泉的嘴。

过一会儿，她用一个散布死亡的军号下达了集合的命令，随后，带着队伍撤退了。

伏丽西当时昏倒在废墟里，并没有死。她慢慢地苏醒过来，从砖块里挣扎着走出来。她身上的铠甲已经破了，只身离开了森林。她吃力地走着，走着，最后来到了海边。她筋疲力尽，一下倒在沙滩上，紧靠着海浪，她的双腿浸泡在浪花里。不一会儿，鱼儿们都围了过来。螃蟹围着她，蚌儿们张开美丽的贝壳，海藻裹着她的脚跟，海鸟飞来停在她的双肩和膝头上。她给海上的朋友们讲了自己所受的灾难。一条海鳗安慰她说：

> 舰艇(jiàntǐng)：各种军用船只的总称。美丽善良的仙女到什么地方都受到好的待遇。

"别难过，伏丽西！我们会给你建造一艘舰艇，比你过去的宫殿还要美丽。"

大家都同意海鳗的建议。于是，海鸟展开翅膀充当船帆，蚌壳们紧紧挤在一起构成她的吊床，一些带鳞的鱼儿成了灯塔。伏丽西上船了，舰艇立即开向深海。

伏丽西突然看见远处来了一只绿色的帆船，小船推着浪花，飞也似的冲向她。船头是一条张着血盆大口的龙。莫兹立在船桅前面。在龙船后面，是女妖的舰队。莫兹用干瘪的嘴唇吹着哨子，船队顷刻间排成了战阵。海风吹到莫兹甲壳般的胸脯上，她的海军服被吹鼓了起来，浪花打到她发灰的头发上。她跑到船头，向伏丽西扔铁锚，铁锚根本未触及伏丽西身上，大海一张口就把莫兹"海军上将"和她的水兵们吞掉了。

> 鞍辔(ānpèi)：驾驭牲口用的嚼子和缰绳。

可是，女妖又浮上了水面。她奋力一跳，坐在铅质的鞍辔上，挽着几条毒蛇做的缰绳，驾驶着龙骑，指挥龙骑直奔伏丽西的舰艇而来。魔龙服从她的命令低下了头，这才瞧见仙女在另外一艘船上掌着舵。这只船上升腾着一股仙气。

"冲下去，魔龙，冲到这只敌船上，试试你的力气！"莫兹大吼道，"击沉木船！冲啊！朝她冲过去！"

可是，魔龙看见伏丽西以后，被她的美貌和优雅打动了。它竖起后腿，愤怒地反抗女妖，它掉转龙头，女妖被扔进海里。莫兹紧紧抓住骨质的马刺，尽管手都撕破了，仍旧紧贴着魔龙起伏不平的背脊，魔龙却不认主人，想要勒死女妖。女妖在魔龙碰得嘎嘎作响的鳞甲间爬行，后来竟爬到龙的脖子上，她一把抓住了龙的脖子。接着她又顺势滑到魔龙激怒的脸上。她在空中摇晃了几下，无意间就把脚伸进了怒吼着的龙嘴里。魔龙"咔嚓咔嚓"嚼了几下，把女妖的脚趾咬得粉碎。可是，女妖想要杀死魔龙。魔龙想呼吸一下，却办不到，于是它的翅膀僵硬了。只听一声雷鸣般的巨响，魔龙倒在船上，压住了女妖。<u>甲板上流了一摊鲜红的血，伏丽西冲过去想把莫兹救起来。可是，女妖却滑进了海里，在血红的海浪里消失了。</u>

魔龙太重了，砸坏了舰艇，舰艇里到处都漏水。眼看船就要下沉了，伏丽西不得不跳进海里，游着离开了。天将黑的时候，她游到一个陌生海岸。她刚想上岸，突然看见莫兹也浮出了水面，还用海藻包扎着伤口呢。莫兹挥舞着龙骨剑，原来她根本没死，反而杀了魔龙。可是，伏丽西身边没有武器，眼看就要死在女妖手里。没想到，一线月光滑在她手上，轻声对她说："我成为你的宝剑吧。"

伏丽西连忙把宝剑浸在冰凉的泉水里，等着消灭敌人。莫兹舞着剑跳过来，龙骨剑和月光宝剑开始打起来。龙骨剑发出骨裂声，月光宝剑发出清脆的响声。伏丽西急速地旋转着宝剑，一下子刺中了女妖的心脏，女妖怪叫一声，可她却把龙骨剑刺进了仙女的喉咙，仙女也倒在地上。

月光宝剑的寒气透进了莫兹的血管里，她用尽力气想要使自己的血液保持温度，于是在马刺上摩擦着龙骨剑，突然，剑锋冒出点点火星，火星点燃了她那蓬乱的长发。一瞬间，她变

仙女太善良，可女妖是很狡猾的。

喉咙（hóulóng）：咽部和喉部的统称。

成了一束火把,身上散发出如同烧焦的野味那样刺鼻的臭气。不一会儿,在烧焦女妖的地方出现了一摊油脂,这是莫兹的灰烬。

一只小鸟飞到伏丽西的伤口上,用嘴给仙女止住了血,一只蜘蛛为她的伤口织了一个网作为包扎布。伏丽西吻了一下月光宝剑,她浑身立刻有了力量。她站立起来,洒了几滴泉水和几个花瓣在莫兹的灰烬上。然后,她唱着欢乐的歌,舞着月光宝剑走向美丽的远方。

> 凡是好事，都先想到别人，都先想到老人，这样的人会有好的结果，反之，则不会有好结果。

金银槌

日本的一个大山深处，有个小乡村，村里住着几十户人家，他们生活悲惨、贫穷。一天，村子里有个老头儿上山去打柴，走着走着，头顶上突然落下来一个苹果。他拾起了这只苹果，又在破衣服上擦了擦，自言自语地说："这个苹果拿回去给我妈吃吧。"

正说着呢，又有一个苹果落地了，他又拾了起来，说："这只就给弟弟家吧。"掉下第三个苹果时，他说要给老婆吃；掉下第四个苹果时，他说可以给儿子吃；直到拾起了第五只苹果，他才说可以留给自己充充饥。原来，这时他是走到了一个悬崖下面，崖缝里长着一棵苹果树，风一吹，青色的果实便落了下来，他接住了落地的苹果。

老头儿很小心地把苹果放入布袋，就去捡柴了，等柴差不多捡够了，天也快黑了。老头儿背上柴回家了，走了一会儿，他就迷路了。山路不好走，晚上又没人在山里，老头儿在深山老林里过夜了。

这时虽然是夏天，但深山里的夜晚还是很冷的。老头儿东张西望，想找个地方暖和一下，路边不远处有一座破庙，他就进去了。只见庙前的庭院里有几间破房子。老头儿很累，一躺下就睡着了。半夜里，庙门前的一块平地上有争吵的声音，他睁开眼，

贫穷的老头儿身上会发生什么样的奇遇呢？

爬起来一看,是十几个小人儿在闹。小人儿只有一尺来高,蹦蹦跳跳,嘴里还喊着:"金来呀,银来呀!"

老头儿心里有些害怕,他想小人儿可能是妖怪。他害怕得睡不着,悄无声息地看着。

小人儿闹得可欢了,根本不知道里面还有个穷老头儿。小人儿闹了好久,才稍稍安静了一点儿。小人儿不闹了,老汉也松懈了下来,但又睡不着觉,十分的无聊。他觉得有些饿,实在忍不住了,就拿出一只青苹果。正想吃的时候,屋顶的房梁断了,把那些小人儿吓坏了。

"不好了,这破房子要塌了!"一个小人儿大喊起来,吓得不得了,其他小人儿"嗖、嗖"几下,逃得没影了。

直到没有了声音,老汉才小心地下了高台子,掀开帘子走出去。庭院里静悄悄的,一把小金槌和一根小银槌闪闪发光地躺在地上。

老头儿拾起这两把小槌,仔细看了看,都是很好的金子和银子,他很高兴有意外的收获,就把它们放进柴篓里,说:"我拾柴火的穷老头也时来运转了。"

月亮钻出了云层。于是,他就借着月色,连夜赶回家去了。

老头儿回家以后把金槌、银槌拿到集市上卖了,换成了现钱,不仅盖了房子,还买了地,由穷汉变成富人了。

村子里人都很羡慕他,也知道他是得到小人儿的金槌和银槌,才突然变得有钱的。

老头儿的隔壁邻居是个又自私又贪婪的人,见穷老头儿发了意外之财,也眼红了,想发财。

一天,这贪心汉嘴里叼着烟袋,倒背着手,不紧不慢地上山去了。走到那个悬崖下面,就坐了下来,也像那老头儿一样等着崖缝里的苹果树掉果子。等了好大一会儿,掉下来一个苹果,他拾了起来，看了看说："这一只我吃。"说完就塞进嘴里，美美地吃起来。等第二个苹果掉下时，他说："这一个给儿子解馋吧。"掉下第三个苹果时，他说："这一只给老婆吃吧。"掉下第四只苹果时，他说："这一只给弟弟家吧。"直到拾起了第五只苹果，他才想起没有苹果吃的妈妈。他的想法和那位穷汉的想法根本不一样。

他既不打柴，也不采蘑菇，一直坐在苹果树下歇着。等到天快黑了，这才懒洋洋地站起来，向那座破庙走去。找到了破庙，爬到了高台子上，他也躺了下来，他一天都没干活儿，所以根本不困。他眼盯着房梁，专等小人儿来。

到了半夜，他都等急了，那些小妖精们才终于来了。他们吵闹得很厉害，把贪心汉的脑子都快吵炸了。闹了两个多小时，小人儿终于安静了。

贪心汉实在不想等了，就想把这些小人儿吓走。他拿一只苹果一口气塞进了嘴里，用力地嚼着，但这个苹果熟透了，果皮也软了，他努力想发出声音来，但那声音太微弱了。

他又接着咬第二个苹果，直到咬第三个，都没有"哗——"的声音发出来，那些小人儿根本没注意到这个人的存在。

苹果全都咬完了，但那些小人儿还在闹个不停，贪心汉忍无可忍，想我只有一个苹果了，我会咬出很大的声响来。

他使劲儿咬了一口，又嚼了几下，仍然咬不出声音来，等得不耐烦了，就把剩下的苹果扔了过去，刚巧打中了一个小人儿的头。

"哎哟！"小人儿大叫一声，"屋子里有陌生人，快去看看啊！"

十几个小人儿蜂拥进屋，还七嘴八舌地嚷着："一定是那个偷走金槌和银槌的坏家伙，抓住他！"

贪心汉吓坏了，无处藏身，一下子就被围在了地中央。

小人儿们把他打得躺倒在地，用金槌、银槌拼命地砸他

蘑菇(mógū)：食用伞菌类的通称。

嚼(jiáo)：上下牙齿磨碎食物。

当人被怎么、贪婪迷住双眼时，总是不能再理性思考，而往往招致大祸临头。

的头、脸和身体的其他部位,还撕他的头发、耳朵,打得他都不能动弹了。天亮了,小人儿们才骂骂咧咧地走了。贪心汉死里逃生,浑身疼痛,一步一步地挪回了家。从此,再也没有人敢打小人儿的主意了。

猫鼠交友

> 朋友应该是互相关心的,像故事中猫这样的朋友,还是不要的好。

有一只猫想和一只老鼠做朋友。老鼠拿不定主意,不知如何是好,猫反复强调,说它特别想和老鼠做朋友,老鼠最终才同意和它住在了一间屋里,于是,猫和老鼠共同生活在一起了。

冬天来了。猫说:"我们该准备一些东西过冬,不然会挨饿的。"老鼠同意它的意见。它俩一商量,于是买了一罐猪油。

但是它们不知道把猪油罐放在什么地方合适,左思右想,猫说:"没有人会在教堂里偷东西,我们把猪油放在祭坛下好了,那儿最安全了。"

祭坛(jìtán):祭奠或祭祀用的台子。

老鼠说:"好",猪油罐就放在了祭坛下面。

过了几天,猫馋了,想吃猪油,于是对老鼠说:"亲爱的朋友,我有个表姐在附近的村子里,刚刚生了一只小雄猫。这小雄猫十分可爱,表姐让我做外甥的教父,我要抱它去接受洗礼呢。我出去了,你可别乱跑,在家里等我,千万别出来乱跑。"

这就叫"费尽心机"!

老鼠说:"猫大哥,你尽管放心去好了,我就在家里待着。愿上帝保佑你。不过,你有了好东西吃,也要想着你兄弟我;产妇喝的红甜酒,我也喜欢喝一点儿呢。"

老鼠没有丝毫的戒心和怀疑。

其实,猫完全在骗人,它没有表姐,根本也没人请它做教父。它出了家门,瞎转了一会儿,就直奔教堂了。它悄悄地靠近了祭坛,掀开罐盖,开始吃猪油了。

吃了猪油，盖上猪油罐的盖子，就跑到城市的屋顶上散步去了；累了，就在一块阳光充足的地方，睡起了懒觉。当然，睡觉前它还记得把沾在胡子上的猪油舔干净。

> 贪吃猫的形象通过这个细节描写呈现在大家面前了。

晚上，猫高高兴兴回家了。老鼠说："啊，你回来了，今天还好吧。"猫说："当然好了。"老鼠问："那可爱的小雄猫叫什么名字啊？"猫有些爱理不理地说："叫'去了皮'。"

"'去了皮'？"老鼠很奇怪地喊了一声，"这名字多不一般哪，你们猫家族常叫这种奇怪的名字吗？"

猫说："看你没见过世面的样子，总比你们的教父叫'偷面包屑'这样的名字好听得多！"

过了几天，猫又嘴馋了，它对老鼠说："老鼠弟弟，对不起了，我要离开你一天，你只好看一天家；又有人请我去做教父，因为那个孩子脖子上有一道白圈，我也不好意思拒绝。"

善良的老鼠又相信了它。这一次猫从城墙后边钻进了教堂，罐子里的猪油被猫吃了一半。它贪婪地舔着胡子上的油星说："嘿，一个人吃东西，真叫爽啊。"

> 猫多自私，自私的人不配有朋友。

它吃饱了，高兴地回家了，老鼠问："你的这个教子取了什么名字？"猫答道："叫'去一半'。"

老鼠说："嘿，这个名字好奇怪呀，我可从来没听说过。"

过了几天，猫一闲下来就想起猪油的美味，口水都要流出来了。它终于又坚持不住了，对老鼠说："近来我不知怎么了，好事一件接着一件。现在又有人请我去做教父了；那孩子只有脚上是白的，身上都是黑毛。一根杂毛都没有，这种事情真是很难得啊，我是一定要去的。"

老鼠没有直接回答它，自己叨念着："'去了皮'，'去一半'，这些名字都够奇怪的，叫我百思不得其解。你的这个教子会叫什么呢，不知又会有什么新鲜的呢？"

猫说："你整日穿着深灰色粗绒衣，拖着长辫子，趴在洞里不出门，当然什么都不知道，这叫少见多怪。"说完，它根本就没有征求老鼠的意见，自己就走出去了。

猫走了以后，老鼠独自把屋里打扫得干干净净，猫却溜进教堂，又偷吃起了猪油。它十分得意地说："只有吃光了猪油，我的心才能安定下来。"

猫吃了猪油后，又在外面闲逛了一天，直到很晚才回家。老鼠问它第三个教子叫什么名字，猫说："你还是别问了，仍是你不愿听的，叫'一扫光'。"老鼠说："'一扫光'？这种名字也是你们家族的风格，够奇怪。"它摇摇头，蜷起身子，自个儿睡觉了。

从此以后，没有人再"请"猫去做教父了。

冬天到了，外面下起了鹅毛大雪，没什么东西可吃了。

老鼠说："猫大哥，咱们走吧，把教堂祭坛下的猪油罐取回来。猪油也该吃了，肯定可口。"猫说："一定合你口味，就像你把细舌头伸到窗外喝西北风一样。"

比喻句：猫的口气中暗含着讥讽和嘲弄。

它们动身去教堂了，到祭坛下一看，罐子虽然在，里边却一点儿油也没有了。

老鼠一拍脑门，明白过来了："哎呀上帝，现在我知道以前是为什么了，你可真够得上是个好朋友！在你三番两次去做教父的时候，你吃光了猪油：开始吃了皮，以后吃了一半，最后又……"

老鼠此刻才恍然大悟，可为时已晚。

猫当然知道自己干过的坏事，气急败坏地说："住嘴！你再说一个字，我就吃了你！"

谎言被揭穿后恼羞成怒。

可怜的老鼠还没有说完话，猫就跳过去按住它，把它吞进去了。原来，天下竟然是这样不公平。

一只小手套

一只小手套,成了一个动物大家庭,小动物们的善良会让你感动的。

老爷爷在树林子里走,一只小狗跟在他身后。他走着走着,掉了一只无指小手套。一只小耗子跑来啦,钻进手套里,说:

"我就在这里住下吧。"

这时候,青蛙一蹦一跳地来啦,问:

"谁呀,谁在手套里?"

"我,爱吃面包屑的小耗子。你是谁呀?"

"是呱呱叫的小青蛙。让我进去吧!"

"进来吧!"

小耗子和小青蛙两个待在手套里。兔子跑来啦,它走到手套边,问:

"谁呀,谁在手套里?"

"爱吃面包屑的小耗子和呱呱叫的小青蛙。你是谁呀?"

"是蹦蹦跳跳的小兔子,让我也进去吧!"

"进来吧!"

小耗子、小青蛙和小兔子三个待在手套里。狐狸跑来啦,问:

"谁呀,谁在手套里?"

"爱吃面包屑的小耗子和呱呱叫的小青蛙,还有蹦蹦跳跳的小兔子。你是谁呀?"

屑(xiè):碎末。

学习一下这种写作说明手法。

"是狐狸大姐,让我进去吧!"

"进来吧!"

于是它们四个待在手套里。大狼跑来啦,它走到手套边,问:

"谁呀,谁在手套里?"

"爱吃面包屑的小耗子,呱呱叫的小青蛙,蹦蹦跳跳的小兔子,还有狐狸大姐。你是谁呀?"

"我呀,我是狼大哥,让我也进去吧!"

"进来吧!"

狼钻进了手套,它们五个待在手套里。忽然啊,野猪跑来了:

"呼呼呼!谁呀,谁在手套里?"

"爱吃面包屑的小耗子,呱呱叫的小青蛙,蹦蹦跳跳的小兔子,狐狸大姐,还有狼大哥。你是谁呀?"

"我,我是长着长牙的野猪,让我也进去吧!"

真糟糕,谁都想到手套里来!

"可你进不来呀!"

"能进去,快让我进去吧!"

"咳,真拿你没法子,那你就进来吧!"

野猪进去了,它们六个待在手套里,可是挤得呀,连身都转不过来啦!可又来了一只熊,它走到手套旁边,一边吼叫,一边问:

"谁呀,谁在手套里?"

"爱吃面包屑的小耗子和呱呱叫的小青蛙,蹦蹦跳跳的小兔子,狐狸大姐,狼大哥,还有长着长牙的野猪。你是谁呀?"

"呼呼呼,你们大家都在这里呀!我是熊大叔,让我也进去吧!"

"你怎么进得来呀?里面已经很挤了!"

"就让我到里面凑合凑合吧!"

> 分享是一种乐趣,你感觉到小动物们的快乐了吗?

> 凑合(còuhe):将就。

"那你就进来吧,可得从边上过呀!"

熊进去了,它们七个待在手套里,这下子,可真要把手套给撑破啦!

这时候,老爷爷发现手套不见了,于是他就循着来路往回找。小狗跑在前面引路,跑着,跑着,它发现了小手套,还在一动一动的呢!小狗"汪汪汪"地叫起来。

这下可把这些动物吓坏了,从手套里钻出来,四散逃进了树林子。老爷爷走来把手套捡走了。

神童

神童凭借自己的智慧保卫了国家,是个小英雄。

在朝鲜有一个偏僻的村庄,村里有一个很老实的农民。他有个儿子十分奇特,别人家的孩子一天一天地长大,而他的儿子却一个小时一个样,这个小孩七岁的时候,早已是闻名全国的神童了。算命的说,这孩子出生的时刻非常好,命中注定他和一般的孩子不一样。

这孩子七岁时就能读书、写字、作诗,并且猜得出最困难的谜语,真是聪明绝顶了。日本天皇听说了,根本不信,就派了几个有名的博士到朝鲜去查验一下。天皇对他们说:"你们到朝鲜去找这个小孩,考查一下他。说实话,我不相信世界上真有这样的神童。"

> 博士(bóshì):古代的一种传授经学的官员。

博士们奉命坐船起程了。起程这天正好是顺风,很快,这条日本船就停靠在朝鲜国的码头上了。日本的博士们一上岸,就看到一个小孩子坐在岸边的石头上读诗,声音清脆流利,显得十分纯熟。

几个博士停下来仔细听他在读什么。其中一个博士对小孩说:"这些诗作得不错,是谁写的?"

> 连最有名的博士都认为诗作得不错。

小孩说:"是我呀!"

博士看看这个天真的小孩,根本就不相信他的话。

小孩很自信地对博士说:"你不相信吗?那你考我吧,看我是不是真的会作诗。"

斗气：为意气相争。

这一节表现了小孩的聪明、机智。

谣言（yáoyán）：凭空捏造的不可信的话。

敏捷：（动作、思路等）迅速而灵敏。

漂泊（piāobó）：浮在水面上顺着水流移动。

几位博士相视而笑，认为自己没必要和一个小孩斗气、争高低。但转念一想，此次的任务不就是要考查一个七岁的孩子吗？于是，他们想和小孩比试一下。

一个博士说了头一句："船桨划破水中月。"

小孩立即接了下句："头顶苍穹星满天。"

小孩对答如流，令博士们吃了一惊，这朝鲜的小孩可真是了不起，但也可能是碰巧对上的呢？于是，一个博士想再考一考小孩："利箭越过大海洋。"

小孩说："谣言传遍全世界。"

他们比试了几十句，小孩都能快速地回答出来，博士们终于服了，完全相信这些诗句的确是小孩自己作的，但他们还是想出一道特别的题目，来考考小孩的智慧。

一个博士问："老鼠和鹦鹉是两种动物，一个在天上飞，一个在地下跑，为什么它们都'吱吱'地叫，叫声竟然一样？"博士认为这个问题很难，即使大人也不可能回答出来。

小孩根本没思考就说："这和猪、狗'汪汪'叫是同样的道理。""你错了，孩子，"博士说，"只有狗才'汪汪'叫，猪从来不会这样叫。"

小孩咯咯地笑起来，说："当鹦鹉'吱吱'叫的时候，猪就会'汪汪'地叫了。"

小孩的回答敏捷而又机智，让博士们感到非常吃惊，他们开始喜欢这个孩子了，于是改变了开始时的轻视态度，亲切地问他："孩子，你多大了，叫什么名字？"

"我叫崔劲光，今年七岁。"小孩很有礼貌地回答。

日本博士惊呆了，他们想：朝鲜国的孩子这么小竟然这样聪明，那么大人可能会更聪明了。我们连小孩都考不住，还能去考成年人吗？说不定还会被别人难倒了，还是回去吧。于是，他们离开了小孩，赶紧返回船上，起程回国了。

回程刚好遇上了台风，船在风浪中漂泊了好几天，用了快十天时间，才回了日本。一上岸，他们赶紧朝见天皇。

天皇看见博士们都愁容满面、疲惫不堪，心里很纳闷，就问他们："你们这次去朝鲜见到些什么？朝鲜人富裕吗？他们的小孩真的聪明吗？"

博士们听见天皇这样问，都慌张得不得了，因为他们这次到朝鲜，除了那七岁的小孩之外，没有接触任何人，没到朝鲜国内看看具体情况。天皇这样问，他们不知该怎么说。

博士中有一个人比较狡猾，他慌忙跪了下来，想随便回答一下天皇，他看起来很惶恐，说："尊贵的天皇陛下，臣等这次去朝鲜受尽了侮辱。朝鲜人看不起咱们。他们说，日本竟然还有个天皇，他们不知道啊。当我们讲起陛下的名字时，他们根本没人肯跪下叩头。"

天皇生气地喊道："朝鲜人竟敢如此无礼，我一定要派军队打他们。"

天皇身边的几位大将也附和着说："对，我们应该打他们，不然他们就不会尊敬我们。"

天皇的大臣们也都同意出兵，因为他们认为天皇被别人侮辱，就等于国家受到了侮辱。

等天皇的怒气稍稍有所平息时，他开始考虑征讨的计划。他想了一个好办法，于是吩咐人把宝库里的一个琥珀箱子搬出来。

仆人们把箱子搬上了大殿，把大箱子放在天皇的面前。这个箱子做工很讲究，并没有上锁。看着这只箱子，天皇举起手。大殿上的臣子和将军们惊恐万状，伏倒在地，连头都不敢抬。他们知道，天皇的这个动作，就是要杀人。

出乎他们意料的是，这次平安地过了一会儿，天皇就叫他们抬起头来。原来，天皇是趁他们低头的时候，把一件用棉花包裹的东西放进箱子里，又贴了一个封条，盖上了自己的印鉴。做完之后，天皇就命令臣子们抬起头来，很威严地对几名大臣说："你们还要再去朝鲜，把这只箱子交给朝鲜的国王，

惶(huáng)恐：惊慌害怕。

附和(fùhè)：人家怎么说，也跟着怎么说。

琥珀(hǔpò)：古代松柏树脂的化石。

告诉他不准打开箱子，但要猜出箱子里的东西。如果他在秋天到来之前，还猜不出箱里装的东西。那他就是世界上最愚蠢的国王，我就要派兵去打朝鲜。"

大臣们谁都不知道箱子里装的是什么，也没有人敢问，所以天皇不怕会有人泄密。

过了一会儿，天皇又说："我要写一个谜语放在箱盖上，让朝鲜国王把谜底写在下面。这谜底就是箱子里的东西。"

天皇开始大笔挥写：

外面白色且透明，
中间圆球如黄金。
天皇赠予朝鲜王，
请问箱中物何名？

天皇写完，自己又欣赏了一下，满意地笑了。随后命令大臣们出使朝鲜，又命令军队做好战争准备，并赶造船只。他认为朝鲜国王肯定猜不出箱中的东西，他也想乘机征服朝鲜，扩大日本领土。

大臣按照天皇的命令，出使朝鲜去了，把那只琥珀箱子当面交给了朝鲜国王，并表明日本天皇的意思。

这事看似简单，其实是一场战争的导火线，朝鲜国王意识到问题的严重性。当时的日本已经非常强大了，朝鲜根本打不过日本。

朝鲜国王立即召集了所有的大臣和学者，让他们想办法猜谜语："这箱子上有条谜语，是日本天皇亲自拟定并派人送来的。如果有人能猜中这条谜语，猜出箱子里究竟装的是什么东西，此人就是国家的功臣，百姓们的恩人。因为这不仅能保住国家和国王的名誉，也可以使我们免遭战乱。"

朝鲜的大臣和学者们日思夜想，也猜不透箱子里到底是什么。他们一遍一遍地读着日本天皇写的谜语，就是悟不出其中的奥秘。他们竟然还用放大镜仔细地观察这只箱子，也找不到任何线索；有的人用鼻子去闻，用舌头去舔，也找不到任何线索。时间过得真快呀，还有一个月就要立秋了，大臣和学者们急得团团转，整日坐立不安。

那个七岁的孩子崔劲光，此时恰好来汉城找工作。他一连找了几天也没找到，人们不是嫌他年龄太小，就是嫌他个子矮。他只好走街串巷，大声叫卖："磨铜镜啊，磨铜镜！磨出的铜镜亮晶晶。"

宰相的女儿听见了他的喊声，就派人把她的大铜镜拿下去磨。崔劲光见有生意了，可高兴了。可他高兴过头，用劲儿太大，竟然把铜镜给磨破了。这事恰巧被宰相看见了，气不打一处来："你这个小崽子，这面镜子值一千两银子呢，你赔钱来！"

"老爷！"崔劲光不慌不忙地说："我如果有一千两银子就不会出来为别人磨镜子了。"

宰相发火了："既然你没钱赔偿，就得留下给我做奴隶。你就叫镜奴吧。"

崔劲光想了一下，就这样吧。其实他不答应也没办法，宰相根本就不会放他走。

镜奴做事勤快，又机灵，没过多久，宰相就开始喜欢他了，把他当做最贴身的仆人。

有一次，镜奴侍候宰相吃晚饭，听见宰相对夫人说："过十天就立秋了，如果国王还是猜不中日本箱子的秘密，我们国家的危险可就大了。早些做个准备吧，唉！"

镜奴听见了就对宰相说："世界上没有猜不出的东西。您把我带进宫，我看看那个箱子，也许我能猜出来。"

宰相不信任地看看他，说："你这个奴才，不仅我猜不出，就连众多的大臣和学者们也猜不出来。你这个小孩敢说大话，真是胆大妄为！"

镜奴听到宰相的责骂，根本不以为然。

正在这时，国王派人来传话："国王认为，宰相是全国最聪

团团转：形容着急或惊慌时不知所措的样子。

赔偿（péicháng）：补还损失。

责骂（zémà）：用严厉的话责备。

明，也最机敏的大臣，在国家处于危难之际，应该承担重任。猜日本箱子里有何秘密的事，就全靠宰相负责。再过八天还猜不出，说明你不够资格做宰相，还要被割去鼻子和耳朵。"

国王派来的人说完话，放下箱子，自己回宫了。

宰相着急得不行了，哪里还顾得上责骂镜奴，急得在房子里转来转去。他知道，他根本猜不出箱子的秘密。而且，如果被割去了鼻子和耳朵，这辈子还怎么见人啊。

镜奴看着宰相痛苦的样子，心里也着急，他也明白，这是一件关系到国家存亡的大事情。于是，镜奴说："主人，请别着急，世界上没有猜不出的谜。"

宰相听他坚持这么说，就随便想让他试一试，于是说："如果你能猜出这箱子里所藏的东西，我将永远感谢你，并奖给你一栋大房子和一万两银子。"

"如果我能猜中，我什么都不要，只希望你能释放我和你所有的奴隶，让他们成为自由人。"镜奴说。

"我答应，只要你能猜得出，我会把你们全放掉的。"宰相赶紧答应下来。

于是，宰相把镜奴带到箱子跟前，让他看箱盖上写的谜语。

镜奴看了两遍，又仔细思考了一下，然后很肯定地对宰相说："现在时间还来得及，请把这箱子放在灶台上，放六天。六天之后，我就告诉你箱子里到底是什么。"

宰相有些不太相信，但也没有其他办法可想，只好照办，把箱子放在灶台上不冷也不太烫的地方。

宰相觉得时间过得真慢，真是度日如年；时间过得好像也挺快，八天很快就会过去。如果猜不出，宰相的鼻子和耳朵都会被割掉了。

六天过去了，镜奴走到箱子旁边，把耳朵贴在上面听了听，拿起一支毛笔，蘸了墨汁，在日本天皇所写的谜语下面写道：

朝鲜儿童都知道。

释放（shìfàng）：恢复被拘押者或服刑者的人身自由。

蘸（zhàn）：在液体、粉末或糊状的东西里沾一下就拿出来。

箱中之物能报晓。

"我猜出谜底了，现在可以把箱子还给日本天皇了。"镜奴十分有信心，自己肯定猜对了。

"可是箱子里究竟是什么呢？"宰相还是不明白，"我看了你写的谜底，我还不知道是什么东西。"

"你真不明白吗？我不能再做进一步的说明了。"镜奴说。

"你个臭奴才竟然敢骗我！你就在我的监狱里待几天，我要是被割了鼻子，你休想活着出去。"宰相十分恼怒，命令仆人把镜奴关押起来，以防止他逃走。

八天很快过完了，宰相把箱子送到了国王面前，心里可害怕了。国王看了镜奴写的谜底，十分生气："这哪里是谜底，等于又回了一条谜语嘛！你竟敢不执行我的命令，太狂妄了，来人哪，把这个蠢货的鼻子和耳朵全都割去！"

宰相跪下来向国王求情，说等证明这样写谜底确实不行再割他的鼻子和耳朵也不迟，并说这谜底不是他写的，是他的一个奴隶写的。

国王更生气，但生气没有用，还是想办法解决问题吧！

满朝大臣都为这件事大伤脑筋，但怎么也想不出个完美的办法来。时间过得真快呀，只剩下两天就要立秋了，国王说："把宰相先押起来，叫那个奴隶去给日本天皇送箱子，让他当面解释给日本天皇听。至于我们，要做好应战的准备。"他们安排了一条大船，让镜奴穿上使者的服装坐在船上，还派人监督他。一路上，镜奴像往常一样一点儿都不怕，但其他人却紧张得要命。等到了日本天皇的皇宫，镜奴亲自将琥珀箱子捧到了天皇的面前。天皇检查箱子的封条和自己的印鉴，和送去的时候一模一样。但一看见箱盖上的谜底，就生了气。他紧紧握着自己的宝剑，生气地说："这箱盖上哪里有谜底？为什么你们的宰相不来见我，而叫你这个愚蠢的小孩子来？"

天皇的宝剑指向镜奴的咽喉，看起来凶恶极了。镜奴平静地

狂妄(kuángwàng)：极端的自高自大。

监督(jiāndū)：察看并督促。

指着谜底说:"这就是你要的谜底,也正是箱子里面的东西。"

天皇冷笑说:"朝鲜看来没什么人才,知道你们也猜不出我的谜语。告诉你吧,箱子里根本没有放什么活的东西。我要向全世界宣布:朝鲜的国王最愚蠢了。"

日本天皇说完话,又做了一个砍头的手势,立刻就有卫兵上来,要把镜奴捆绑起来。

镜奴一点儿也不害怕,反而笑着说:"天皇的谜语出得很聪明,但简单得连我这个小孩子也能很容易地猜出来。"

"胡说!"天皇叫道:"箱子里根本没有放活的东西。"

"那你就打开看看吧,如果是我错了,任你宰割。"镜奴依然笑着说。

"好吧!"日本天皇受了镜奴的感染,也不生气了,"两分钟以后你就要死了。让我告诉你,这箱子里放的是一个再普通不过的鸡蛋。"

天皇本来以为镜奴听了谜底会惊慌地哭起来,没想到镜奴的脸上又露出了神秘的微笑。"那您就打开箱子验证吧!"镜奴说。

天皇让手下打开箱子。仆人立即走上前,把箱子上的封条撕去,打开了箱子,一只毛茸茸的小公鸡,立刻飞了出来。

小公鸡在大殿里连飞带跑,还用稚嫩的嗓音"喔喔喔"地叫着。天皇惊呆了,根本没搞明白是怎么回事。心里想:一个普通的农家孩子都这么聪明,朝鲜人不可小看啊!

自此以后,日本天皇从看不起朝鲜人,转变成警惕朝鲜人,害怕朝鲜富强起来,会威胁到日本的安全。

镜奴圆满完成任务回到朝鲜后,受到了全国人民的赞扬。汉城的人夹道欢迎他,就连国王和宰相,也亲自出城迎接他。

感染(gǎnrǎn):通过语言或行为引起别人相同的思想感情。

威胁(wēixié):用武力逼迫恫吓使人屈服。

猫和公鸡

> 公鸡每次都没有听猫的话，被狡猾的狐狸捉走了，猫凭借它的伶俐把公鸡救了回来。猫的机智和与公鸡的友谊都很感人。

从前有一只猫和一只公鸡，彼此结下了深厚的友谊，一直同住在一间小房子里。有一回，猫要到树林子里去砍柴，临走的时候叮嘱公鸡说：

"公鸡兄弟，我要到树林子里砍柴去了，你在家可要当心啊。你蹲在暖炕上，饿了就吃那白面包，谁也不要放进屋子里来。不管是谁在外面喊，你也不要出去。"

"好吧，放心吧。"公鸡说完就紧紧地关上了小屋的门。

狐狸跑来了（它是多么想吃一块鸡肉啊），想把公鸡从小屋子里诱骗出来，于是唱道：

> 出来吧，出来呀，亲爱的大公鸡！
> 我有香喷喷的白米，
> 我有清泠泠的泉水。
> 你要是不出来，我就从窗子爬进去。

公鸡说：

> 咯咯咯，咯咯咯，
> 我不能出去，猫没有吩咐！

于是狐狸破窗而入，抓住公鸡的头，把它带走了。于是公鸡就哀呼猫大哥救命：

> 猫大哥啊猫大哥，
> 快来救救我呀！

叮嘱（dīngzhǔ）：再三嘱咐。

蹲（dūn）：两腿弯曲但臀部不着地。

咯咯咯：拟声词，形容鸡等的叫声。

　　　　　　狐狸把我抓走，
　　　　　　穿过黑幽幽的树林，
　　　　　　越过绿葱葱的山谷，
　　　　　　涉过急腾腾的江河，
　　　　　　越过高耸耸的山头。
　　　　　　猫大哥，快来救救我吧！

　　猫听见了，跑来把公鸡从狐狸那里抢回来。它把公鸡带回家，严厉地叮嘱公鸡说：

　　"你可要当心啊，狐狸来的时候，千万别吱声。我这次要走得更远了。"

　　猫走了。

　　狐狸看见猫走了就又跑来了。它走近窗户敲了敲，甜言蜜语地劝道：

　　　　　　出来吧，出来呀，亲爱的大公鸡！
　　　　　　我有香喷喷的白米，
　　　　　　我有清泠泠的泉水，
　　　　　　你要是不出来，我就从窗子爬进去。

　　公鸡忍不住了，唱道：

　　　　　　咯咯咯，咯咯咯，
　　　　　　我不能出去，猫没有吩咐！

　　狐狸从窗子跳进小屋，把红菜汤和稀饭吃了个精光，抓住公鸡的头，把它带走了。公鸡又哀呼：

　　　　　　猫大哥啊猫大哥，
　　　　　　快来救救我呀！
　　　　　　狐狸把我抓走，
　　　　　　穿过黑幽幽的树林，
　　　　　　越过绿葱葱的山谷，
　　　　　　涉过急腾腾的江河，
　　　　　　越过高耸耸的山头。

严厉(yánlì)：认真、严格、不放松。

被抓住才想起来求救，早干什么去了呢？

猫大哥，快来救救我吧！

听见公鸡一声声喔喔的啼叫，猫跑来了。它把公鸡从狐狸那里抢回来，带回了家，更加严厉地叮嘱公鸡说：

"公鸡兄弟，你好好蹲在暖炕上，饿了就吃那白面包，狐狸跑来喊你的时候，千万别吱声！这次我要走得很远，很远，那时不管你怎么叫，也听不到你的喊声了！"

猫一走，狐狸就又来了，唱道：

出来吧，出来呀，亲爱的大公鸡！
我有香喷喷的白米，
我有清泠泠的泉水，
你要是不出来，我就从窗子爬进去。

狐狸反复唱了几遍，公鸡又忍不住了，唱道：

咯咯咯，咯咯咯，
我不能出去，猫没有吩咐！

> 谁交上公鸡这样的朋友不烦心呢？几次三番都不能接受教训。

狐狸从窗子跳进小屋，把红菜汤和稀饭吃了个精光，抓住公鸡的头，把它带走了。尽管公鸡叫了一声又一声……可是猫走得很远很远，听不到公鸡的哀叫了。

于是狐狸就把公鸡带回了家。

猫从树林子回到家，一看公鸡没有了，很伤心。它想啊想啊，终于想出了个主意：带上板都拉和布口袋，到了狐狸的家。

狐狸不在家，打猎去了。它的四个女儿和小儿子菲利波克留在家里。

> 板都拉：乌克兰拨弦乐器的一种。

猫走到小窗前，调好弦弹起了板都拉，一边弹一边甜蜜蜜地唱道：

> 这就叫"以其人之道还治其人之身"！

狐狸大姐有个新院落，
四个女儿和百里挑一的
小儿子菲利波克！
出来吧，孩子们，
出来听一听，

我的琴弹得多么动听!

狐狸的大女儿忍不住了,对弟弟妹妹们说:

"你们在这里待着,我出去看看,是谁弹得这样甜蜜蜜。"

它刚一出来,猫就抓住了它的头,装进了布口袋。

猫又唱了起来:

狐狸大姐有个新院落,

还有四个女儿和……

二女儿也忍不住了,它走出了屋门,猫抓住它的头,装进了布口袋。猫又弹起了板都拉,甜蜜蜜地唱道:

狐狸大姐有个新院落,

还有四个女儿和……

三女儿也走了出来,猫把它捉住装进了布口袋;四女儿走了出来,猫把它也装了进去。小儿子菲利波克也遭到了同样的命运。这下子,五只小狐狸全都进了布口袋。

> 狐狸多残忍,可猫依旧有办法。

猫用绳子把口袋扎紧,走进狐狸的小屋。看见公鸡半死不活地躺在板凳上,身上的羽毛被拔光,一只鸡爪被砍了下来。锅里的水已经烧得滚烫,这是准备煮公鸡用的。

猫抓住公鸡的尾巴说:

"公鸡,我的好兄弟,你醒醒啊!"

公鸡醒来了,它想站起来,喔喔地叫几声,可是它哪儿能站起来呀,一只爪子没有了呀!于是,猫拿起被砍掉的那只爪子,费了好大劲儿把它安在了原来的地方,又把羽毛插在了公鸡身上,这一来呀,就把公鸡的伤治好了。

于是它们把狐狸小屋里所有的东西吃了个精光,盆啊,碗啊,全都打碎了。五只小狐狸钻出了口袋,自己回家去了。

> 吃一堑(qiàn)长一智:受一次挫折,便得到一次教训增长一分才智。

从此以后,猫和公鸡有吃有喝,过着平平安安的日子。而公鸡呢,不管猫跟它说什么,都好好听着。真是吃一堑长一智啊!

狼、狗和猫

> 狗不知道自己的实力,鲁莽行事,是不能成功的。

从前有个农夫,他养了一条狗。狗年轻力壮的时候曾为主人看家守业,等它老了,主人就把它赶出了家门。狗只得流落荒原,饿了就逮老鼠充饥,有时候只能逮着什么吃什么。

逮(dǎi):捉住,追赶。

有一次,一只狼与狗相遇,说:

"你好啊,狗大哥!"

狼接着问:

"狗大哥,你到哪儿去呀?"

"哎,我年轻的时候,主人挺喜欢我,我能为他看家守业呀!现在我老了,主人就把我赶出了家门。"

狼又问:

"狗大哥,你一定想吃点儿东西了吧?"

"嗯,当然想吃啦!"狗说。

"走,我去给你弄点儿吃的。"狼对狗说。

狼和狗在荒原上走着。狼看到了一群绵羊,吩咐说:

吩咐:口头指派或命令。

"狗大哥,你去看看,是谁在那儿吃草。"

狗去了,回来对狼说:

"是绵羊。"

"该死,是它们啊!那可吃不得,羊毛会塞满牙的。走,狗大哥,再往前走吧!"

它们往前走。狼看见了一群鹅，对狗说：

"狗大哥，你去看看，是谁在吃草。"

狗去了，回来对狼说：

"是鹅。"

"该死，是它们啊！那可吃不得，羽毛会塞满牙的。继续往前走吧。"

它们继续往前走。狼环顾了一下四周，看见一匹马在吃草。

"狗大哥，你去看看，是谁在吃草。"

狗去了，回来说：

"是一匹马。"

"啊，它就是我们要吃的东西。"狼说。

它们朝马那儿走去。为了使自己凶狠起来，狼拼命用爪子扒土，用嘴啃地，它问狗：

"狗大哥，你看看我的尾巴摆动不摆动？"

"摆动！"狗说。

"你再看看，我的眼睛变红没变红？"

"通红通红。"狗说。

只见狼猛地跳上了马背，抓住了马鬃！不一会儿就把马咬死了。于是狼和狗开始大吞大嚼地吃起来。

狼年轻牙利吃得快，可是狗老了，牙齿不灵了，只听见它咯吱咯吱地咬啊，嚼啊，可什么也没有吃着。这时候，别的狗跑来了，把这只老狗赶开了。

可怜的老狗离开以后，在路上遇到了一只猫，猫也和狗一样，流落荒原，以老鼠为食。

"你好啊，猫老弟！你要到哪儿去呀？"

"走到哪儿算哪儿吧。我年轻的时候逮过许多老鼠，为主人效过劳，可是，等我老了，逮不住老鼠了，主人就不给东西吃了，还把我赶出了家门。我只好四处流浪。"

狗说：

环顾（huángù）：向四周围看了一圈。

鬃（zōng）：马、猪等颈上的长毛。

"那我们走吧，猫老弟，我养活你（狗想学狼的样子）。"

它们走了。

狗看见了一群绵羊，就对猫说：

"猫老弟，你去看看，是谁在吃草。"

猫去了，回来说：

"是绵羊。"

"该死，是它们啊！那可吃不得，羊毛会塞满牙的。咱们往前走吧。"

它们往前走。狗看见了一群鹅，说：

"猫老弟，你去看看，是谁在吃草。"

猫去了，回来说：

"是鹅。"

"该死，是它们啊！那可吃不得，羽毛会塞满牙的。"

它们继续往前走。

狗看到了一匹马，对猫说：

"猫老弟，你去看看，是谁在吃草。"

猫去了，回来说：

"是一匹马。"

"啊，它就是我们要吃的东西，让我们去吃个够吧。"

狗开始用嘴啃地，想变得凶狠起来，问：

"猫老弟，你看我的尾巴摆动不摆动？"

"没有，没摆动。"猫说。

于是狗就又用爪子抓地，想变得凶狠起来，又对猫说：

"现在摆动了吗？喂，你得说是摆动了！"

猫看了看，说：

"有点儿动了。"

"现在让我们去收拾那匹蠢马吧！"狗说。

狗再次用爪子抓地，问：

"猫老弟，你看我的眼睛变红没变红？"

> 狗是出于好心，也是为了向猫炫耀，这种心理是要不得的。

> 这就叫"没有自知之明"！

猫说：

"没变红。"

"你撒谎！你要说变红了！"

"好吧，就算是变红了吧。"猫悻悻地说。

狗发狂了，向马猛扑过去！可马蹄子正好踢在狗的头上！狗倒下了，眼睛睁得大大的。猫跑走了，嘀嘀咕咕地说：

"哎，狗老兄，这下你的眼睛可真变红了！"

悻悻(xìngxìng)：失意的样子。此处形容猫十分无奈。

猫的讽刺是对狗最好的教训。

稻草小公牛

> 小公牛利用自己的智慧，捉住了熊、狼、狐狸，你想知道它是怎么做的吗？

从前有一个老头儿和一个老太婆。老头儿制作松脂，老太婆张罗家务。

松脂（sōngzhī）：针叶树干上渗出的胶状液体。

老太婆三番五次地缠磨老头儿：

"快给我扎一个稻草小公牛！"

"傻老婆子，你要个小公牛干啥呀？"

"赶出去放牧。"

老头儿没法子，给老太婆扎了一头稻草小公牛，还在它的腰上涂了松脂。

有一天早晨，老太婆带上纺车去放小公牛。

老太婆坐在小山冈上，一边纺线一边说：

"吃吧，吃吧，小公牛，稻草小公牛，

吃吧，吃吧，小公牛，稻草小公牛！"

她纺着纺着打起盹来了。

打盹（dǎdǔn）：很短时间的睡眠。

忽然从黑糊糊的树林里跑来一只熊，它冲到小公牛身边，问：

"你是谁呀？"

"我呀，我是稻草小公牛，涂了松脂的小公牛！"

"给我松脂，狗把我腰上的皮撕破了！"

稻草小公牛没说话。

熊生气了，就去抓小公牛涂了松脂的腰，可是啊，熊掌被黏住了。

老太婆醒来了，就呼喊老头儿：

"老头子，快来呀，熊把小公牛抓住了！"

老头儿捉住了熊，把它关进地窖里。

第二天老太婆又带上纺车去放小公牛。她坐在小山冈上，一边纺线一边说：

"吃吧，吃吧，小公牛，稻草小公牛，

吃吧，吃吧，小公牛，稻草小公牛！"

她纺着纺着打起盹来了。

忽然从黑糊糊的树林里蹿出了一只狼，它撞上了小公牛，问：

"你是谁呀？"

"我呀，我是稻草小公牛，涂了松脂的小公牛！"

"给我松脂，狗把我腰上的皮撕破了！"

"拿吧！"

狼去抓小公牛涂了松脂的腰，可是啊，狼爪子被黏住了。

老太婆醒来了，她大声呼喊：

"老头子，快来呀，狼把小公牛抓住了！"

老头儿跑来把狼捉住，把它关进地窖里。

第三天老太婆照样一边纺线一边放小公牛。

她纺着纺着又打起盹来了。

狐狸跑来了，问小公牛：

"你是谁呀？"

"我呀，我是稻草小公牛，涂了松脂的小公牛！"

"亲爱的小公牛，请给我一些松脂吧，狗把我的皮撕破啦！"

"拿吧！"

狐狸也被松脂黏住了。老太婆醒来了，喊来了老头儿。

老头儿又把狐狸关进地窖里。

这下呀，熊、狼和狐狸全被关到了一起！

> 地窖（dìjiào）：收藏东西的地洞。

老头儿坐在地窖门口霍霍地磨起刀来,自言自语地说:

"剥下熊的皮,做一件上等的大皮袄!"

听了老头儿的话,熊很害怕,就求饶说:

"请留情,放了我吧!我会给你送蜜来的。"

"你该不是骗我吧?"

"不骗你。"

"那好吧!"老头儿把熊放走了。

说完老头儿又磨起刀来。狼问:

"老爷爷,你磨刀干啥呀?"

"我要剥下你的皮,做一顶过冬的棉帽。"

"放我走吧,我会给你送野山羊来的!"

"那好吧,你可不能骗我呀!"

老头儿把狼放走了。他又磨起刀来。

"老爷爷,你磨刀干啥呀!"狐狸问。

"我要剥下你身上那张上等的毛皮,给我老伴做一条暖和的皮领子。"老头说。

"老爷爷,请你发发慈悲,放了我吧!我会给你送来好多好多野鸡、野鸭和鹅的。"

"好吧,你可不能骗我呀!"老头儿又把狐狸放走了。

第二天一大早,就有人"笃笃笃"地打门了!

"老头子,有人打门啦!去看看是谁来啦。"老头儿开门一看,是熊送来了满满一箱蜂蜜。

老头儿刚把蜜放好,又有人"笃笃笃"地打门了!

原来呀,是狼赶来了野山羊,狐狸赶来了野鸡、野鸭和鹅。

老头儿和老太婆可高兴了。他们的日子过得一天比一天好。

> 稻草小公牛用自己的机智捉住了熊、狼、狐狸。

> 慈悲(cíbēi):慈善和怜悯。

> 笃(dǔ):敲门的声音。

噢赫

小伙子由傻变聪明，又战胜了噢赫大王，想知道整个精彩过程吗？快读一读这个故事吧。

很久很久以前，有一个穷人和他的妻子。他们有一个儿子，性情孤僻，同谁也不接近。他笨得什么都不会做，老是待在暖炕上。妈妈给吃的就吃，不给吃就饿着肚子坐着，手脚从来一动不动。

父母伤心地对傻儿子说：

"孩子，我们该拿你怎么办呢，你可真是我们的一大愁啊！人家的孩子都能帮自己父亲的忙，而你却只会白吃饭！"

伤心啊，忧愁啊，老太婆终于说道：

"老头子，你说该怎么办啊？儿子也这么大了，可什么也不会做。你还是送他到什么地方去学点儿手艺或做工吧，兴许有人能教会他做点儿什么。"

于是父亲就送儿子当雇工去了。可他只待了三天，就跑回了家，又爬上暖炕呆坐着。

父亲打了他一顿，送他到一个裁缝那儿当学徒。他又从那儿逃了出来。把他送到铁匠和皮鞋匠那儿，同样是白费劲儿：过不了多久，他又跑回家，爬上了暖炕！该怎么办呢？

"喂，"老头儿说，"你这没出息的，我把你送到另一个王国去，看你还能跑回来不！"

父子俩走啊走啊，也不知走了多远，走进了一片黑魆魆的茂密森林里。他们走累了，看见一个被火烧过的树墩子。老头儿往

孤僻(gūpì)：(性格)怪僻，不合群。

黑魆魆(hēixūxū)：形容黑暗。

树墩子上一坐,说了声:

"噢赫,我是多么疲累呀!"

话音刚落,突然出现了一个绿色的小小老头儿,他满脸皱纹,留着齐膝长的绿胡子。

"你要我做什么事啊?"

老头儿感到奇怪:这是哪儿来的怪物啊?于是说道:

"我并没有喊你呀?"

"你怎么没有喊我?你往树墩上一坐并喊了一声'噢赫'呀。"

"是的,我累了,就坐下来说了一声'噢赫'。你是谁?"

"我是森林大王噢赫。你要到哪儿去?"

"送儿子去外国做工或学点儿手艺。兴许有好心的人能教他变得聪明一点儿。可是以前不管把他送到哪里,他总是跑回来,整天待在暖炕上。"

"让我收留他吧,我准能教他聪明起来。不过咱们得约定:一年后你来认领儿子,认出来,就领回家,认不出来,就留下来再给我干一年。"

"好吧。"老头儿答应了。

两人击掌为定。老头儿把儿子留给了噢赫,自己回家去了。

噢赫把小伙子带到了他的那个世界,领进了一个绿色的茅屋。茅屋里一切都是绿色的:墙是绿色的,长凳是绿色的,噢赫的妻子、孩子和听差统统是绿色的。噢赫让小伙子坐下,吩咐听差给他饭吃。当然,甜菜汤是绿色的,水也是绿色的。小伙子吃饱喝足了。

"喂,"噢赫说,"快去做工吧:劈好了柴再拿到屋里去。"

小伙子去了。可他并没有去劈柴,而是躺在草堆上睡着了。噢赫来了,他还在酣睡。噢赫立即喊来了听差,吩咐拿来木柴,把小伙子放在柴垛上,又把柴垛点着了火。

小伙子燃烧了起来。等烧到最后,噢赫把灰烬让风吹掉,

森林大王的世界里一切都是绿色的。

柴垛(cháiduò):木柴整齐地堆积。

剩下的是一小块煤。噢赫用起死回生的神水把小煤块喷了一遍，站起来的完全是另外一个样子的小伙子。

噢赫再一次吩咐他去劈柴并搬进屋去，可是他又睡着了。噢赫又点着了木柴，把他重新烧了一遍，把灰烬让风吹掉，再用神水把小煤块喷了一遍，他立刻变成了一个十分标致的小伙子！噢赫把他第三次烧掉，又用神水把小煤块喷了一遍，于是他从一个无用的懒小子变成了一个身材健壮、难以想象的、标致的、只有神话里才有的好汉！

小伙子已在噢赫那儿待了整整一年时间。父亲想去把儿子领回。他来到森林里，走到被火烧过的树墩前，往上一坐并喊了一声：

"噢赫！"

噢赫立即从树墩下冒了出来：

"你好，老头儿！"

"你好，噢赫！我领儿子来了。"

"好，去吧。认得出来，你就把儿子领走。认不出来，就再留下给我干一年。"

他们俩走进绿色的茅屋。噢赫取来一口袋黍子，撒在地上，一群小麻雀飞来了。

"喂，挑吧！看哪个是你的儿子？"

老头儿很惊讶：所有的小麻雀都是一个样儿。所以他没有认出儿子。

"好，你回家去吧。"噢赫说，"把儿子留在我这儿再干一年。"

一年又过去了。老头儿又去找噢赫。他来到被火烧过的树墩旁，往上一坐并喊了一声：

"噢赫！"

噢赫又冒了出来，说：

"喂，去认你的儿子吧。"

噢赫用神奇的力量彻底改变了小伙子，他父亲还能认出他吗？

标致：相貌、姿态美丽。

黍子(shǔzi)：黍的子实，可酿酒。

噢赫把老头儿领进畜栏,里面有一群一模一样的公羊。

老头儿反反复复地看了好多遍,仍然未能认出自己的儿子。

"回家去吧。"噢赫说,"让你的儿子在我这儿再干一年吧。"

<u>认不出儿子,老头儿伤心了,但是有约在先,所以毫无办法。</u>

第三年过去了。老头儿又该去认领儿子了。他在森林里走着,忽然听见一只苍蝇在他身边嗡嗡地叫。

他把苍蝇赶开,可它又飞回来嗡嗡地叫着。

苍蝇落在老头儿的耳朵上,对老头儿说:

"爸爸,我是你的儿子!噢赫教给了我智慧,现在我已经超过了他。他要放出许多鸽子让你去认哪个是我。你就去认站在梨树底下不啄食的那只。"

听了儿子的话老头儿很高兴,还想跟儿子谈一会儿,可苍蝇已经飞走了。

老头儿来到了被火烧过的树墩旁,喊道:

"噢赫!"

噢赫冒了出来,把老头儿带到了他的地下森林王国。又把他领进了绿色的茅屋,把一口袋谷子撒在地上,开始呼唤鸽子。鸽子呼啦一下全都飞来了,样子一模一样。

"喂,老头儿,快去认你的儿子吧!"

所有的鸽子都在啄食谷子,只有一只站在梨树底下,无精打采地待着。

"它就是我的儿子。"

"<u>老头儿,你总算认出来了!快把儿子领回去吧。</u>"

噢赫抱过那只鸽子,把它放在左肩上,鸽子变成了一个人世间从未见到过的标致的好汉。老头儿高兴得连连拥抱和亲吻儿子。

儿子也非常高兴。

"孩子,咱们回家去吧!"

两次都没找到自己的儿子,老头儿该有多伤心啊。

儿子见到父亲本来很高兴啊,想一下,此刻他为什么要做出一副无精打采的样子呢?

老人终于在儿子的提醒下认出了儿子。

父子一边赶路一边谈。儿子把在噢赫那儿的情况全部讲给父亲听了。

父亲说：

"孩子，你为那个怪人效劳了三年，可是分文未得，我们还是落了个穷。这倒算不了什么！能健康地回来就算万幸了。"

> 效劳：出力服务。

"爸爸，别伤心，一切都会好起来的。"

他们继续往前走，忽然看见有人打猎：邻近村里财主的少爷们在追捕狐狸。儿子立即变成了一条猎狗，对父亲说：

"少爷们要买你的猎狗，三百卢布你就卖给他们，只是脖套不要卖。"

说完就追赶狐狸去了，并很快就把狐狸逮住了。

少爷们从森林里出来，走到老头儿身边，问：

"老头儿，这狗是你的吗？"

"是的。"

"这猎狗挺不错！把它卖给我们吧。"

"好吧。"

"要多少钱？"

"三百卢布，不带脖套。"

"我们要你的脖套干什么！我们要买一条更好的。好，收钱吧，我们买定了。"

少爷们也把狗放出去追捕狐狸。可是狗并没有去追捕狐狸，却径直跑进了森林里。它变成了一个小伙子，找自己的父亲去了。

"孩子，就三百卢布哪够我们用啊？只添置家产和修理房屋就得用光，可这样一来我们没钱过日子啦。"

> 鹌鹑（ānchún）：鸟名，头小尾短，羽毛赤褐色，肉、卵可以吃。

"爸爸，别发愁，一会儿我们就会碰上赶鹌鹑的。我将变成一只鹰，你把我三百卢布卖掉。可帽子千万不能卖！"

他们在田野里走着，有几个打猎的阔少迎面走来，看见了老头儿肩上扛着的老鹰。

"老头儿,把你的鹰卖给我们吧!"

"好吧。"

"要多少钱?"

"三百卢布,可只卖鹰,不卖帽子。"

"我们要你的帽子干吗!我们要给它弄一顶锦缎的。"

双方击掌为定。老头儿得了三百卢布,继续往前走。

猎人把鹰放出去追捕鹌鹑,可它径直飞进了树林子。它一落地就又变成了一个小伙子,赶上了父亲。

"这下我们的钱多了一些了!"老头儿说。

"爸爸,等我们路过集市时,我变成一匹马,你把我卖掉。给一千卢布就卖。可要把笼头留下!"

不一会儿他们来到了集市。儿子变成了一匹马。马长得十分剽悍,简直让人望而生畏!老头儿牵着马笼头,马不断扯动着马嚼子,四只蹄子在地上乱蹬。许许多多的顾主都争着要买老头儿的马。

望而生畏(wàng érshēngwèi):看到了就害怕。

"一千卢布,不带笼头。"老头儿说。

"要你的笼头干吗!我们要买一副镀金的。"买马人说。

有人给五百卢布,可老头儿执意不卖。突然来了一个一只眼的茨冈人,他说:

"老头儿,你这匹马卖多少钱?"

"一千卢布,不带笼头。"

"吓,好贵的价钱!五百卢布带笼头。"

"不,不卖!"老头儿说。

吓(hè):叹词,表示不满。

"六百卢布。"

茨冈人一开始讨价还价,就对老头儿寸步不让:

"喂,一千卢布,带笼头。"

"不,不带笼头!"

"我说老兄,哪有卖马不带笼头的?人家怎么把马牵走呀?"

"不管怎么说,笼头是我的!"

"喂，老兄，我再加五个卢布，行了吧！"

老头儿想：一个笼头一共才值三十戈比，可茨冈人要给五个卢布。

于是老头儿就把马卖掉了。

双方击掌为定。老头儿回家去了，茨冈人骑上马走了。可买马人不是茨冈人，而是噢赫。他以巧计战胜了小伙子！马像箭一样在树木和彩云之间飞奔。

> 风水轮流转，小伙子又和噢赫遇见了，好戏开始了。

噢赫和马跑进了森林，走进了地下王国。噢赫进到了屋里，把马拴在门廊里。

"我抓到一个龟儿子！"噢赫对妻子说，"傍晚时你把它牵到饮水处喝点儿水。"

晚上妻子把马牵到了小河边，马开始喝起水来，它一直往深水处走。虽然噢赫的妻子跟在后边又喊又骂，可是马还是一直往深处走。马把头猛地一摇就从老太婆手里挣脱了笼头。马下到水里，变成了一条鲈鱼。老太婆呼喊起来，噢赫跑来了，立即变成了一条狗鱼，蹿到水里去追赶鲈鱼！

"鲈鱼，鲈鱼，你回过头来，我有话跟你说。"

鲈鱼回答说：

"老兄，你想说什么就说吧，这样我也听得见。"

虽然狗鱼追了好久，可是并没有追上。鲈鱼也开始累了。

它忽然看见河岸有个浴场。这时候国王的女儿正要去浴场洗澡。鲈鱼跳上河岸，变成了一个带金边儿的镶宝石的戒指，它滚到公主的脚下，公主发现了戒指。

"啊，多好的戒指啊！"她拾起来戴在手指上。

公主回到家里，赞叹着说：

"我捡到了一个多么漂亮的戒指啊！"

国王也前来观赏。

噢赫看到鲈鱼变成了一个戒指，就立即变成了一个商人，前去晋见国王，说道：

"您好，陛下！小人有件事打扰陛下。请您让您的女儿把戒指还给我。我本想把它带给我们的国王，可不小心掉到河里，被公主捡走了。"

国王吩咐去叫公主。

"孩子，快把戒指还给主人吧。"

公主哭了起来，捶胸顿足地说：

"不行！你付给商人钱吧，他要多少就给多少，可戒指是我的。"

噢赫还是不肯让步：

"如果不把戒指带给国王，我要被杀死的！"

国王再次劝说女儿：

"孩子，还给他吧，否则他就要因为我们而遭到不幸！"

"好吧，既然这样，那咱俩就谁也别想得到它！"说完就把戒指摔到了地上。

> 两人都施尽满身法术，看看结果如何吧。

戒指摔在地上后变成了许许多多的珍珠，撒满了地板，有一颗珍珠滚到了公主的鞋后跟旁边，公主恰好踩在这颗珍珠上。噢赫变成了一只鸢，开始啄食珍珠。啄呀，啄呀，把所有的珍珠全吃完了，身子变得很重很重，动起来非常吃力。但是它没有发现公主鞋后跟旁边的那颗珍珠。那颗珍珠滚来滚去变成了一只更大个头儿的鹰，立即向鸢扑去。

> 鸢(yuān)：老鹰。

鸢再也飞不动了。鹰扑上去，在鸢的头上狠狠地啄了几下，鸢死去了。从此以后噢赫消失了。鹰落在地上变成了一个标致的小伙子。公主爱上了他，对国王说：

"不管怎样，我只嫁给这个小伙子，除此之外谁都不嫁。"

国王不想把女儿嫁给这样一个普普通通的男子，可又拿女儿有什么办法呢！他考虑再三，终于决定备酒宴请宾客，举行了盛大的婚礼。

> 勇敢聪明的小伙子战胜了噢赫,得到了公主。

猫先生

猫先生和狐狸大姐吃光了狼、熊、野猪和小兔子的饭,还吓跑了它们,是怎么回事呢?

从前有一个人,他养了一只猫。猫老了,逮不住老鼠了。他想:"我还要这猫有啥用?把它扔到树林子里去吧。"于是他就把老猫给扔了。

> 不可以抛弃曾经对我们有贡献的人。

猫蹲在松树下面哭泣。狐狸大姐跑来啦。

"你是谁呀?"狐狸问。

猫抖了抖身上蓬乱的毛,说道:

> 蓬乱:形容草、头发等松散杂乱。

"嘿嘿!我是猫先生!"

狐狸很高兴认识这位尊贵的猫先生,它对猫说:

"那咱们结为夫妻吧,我会关心你、供养你的。"

"好吧。"猫说。

它们主意已定,就到狐狸的茅屋里住了下来。

狐狸无微不至地照顾着猫:一会儿逮回一只鸡,一会儿捉回一只小野兽。不管自己是饥是饱,总要把吃的给猫带回来。

> 无微不至:形容待人非常细心周到。

有一次,一只蹦蹦跳跳的小兔子碰上了狐狸,说:

"狐狸大姐,我到你家求婚去!"

"不,你不能去!我家住了一位猫先生,它会同你打架的。"

猫从茅屋里走出来,抖了抖身上的毛,身子弯得像一张弓,"呜呜"地低吼了起来。

小兔子十分害怕,跑回树林子把事情告诉了狼、熊和野猪,说它看见了一只非常可怕的野兽——猫先生。

狼、熊、野猪和小兔子决定请猫先生和狐狸来赴宴。

它们开始商量怎样把宴会办得更丰盛。

狼说：

"我去找油和肉制作美味的红甜菜汤。"

野猪说：

"我去找甜菜和土豆。"

熊说：

"我去找蜂蜜做成香甜可口的小吃。"

小兔子也跑去找来了白菜。

宴会准备好了，美味佳肴全都摆上了桌，主人们开始商量由谁去请狐狸和猫先生。

> 佳肴(yáo)：精美的菜肴。

熊说：

"我这个大胖子，连喘气都难啊，可去不了啊。"

野猪说：

"我笨手笨脚的，要误事的！"

狼说：

"我老了，耳聋眼花了。"

最后还是得小兔子去。

兔子跑到了狐狸的茅屋，在窗户上"笃笃笃"敲了三下。

狐狸走出了茅屋，看见小兔子用两只后脚站在那里。

"你有什么事啊？"狐狸问。

"狼、熊、野猪和我请狐狸大姐和猫先生去赴宴。"

小兔子说完就跑了回去。熊问：

"你有没有忘记告诉它们把小勺子带来？"

"啊呀，熊大叔，我忘了！"小兔子说完就又跑到了狐狸的茅屋前。

它敲了敲窗户，喊道：

"请不要忘记带上小勺子！"

狐狸说：

"好，谢谢，忘不了！"

狐狸大姐准备停当，就同猫先生手挽手一起上了路。猫先生又抖起了身上的毛，发出了"呜呜呜"的叫声。两只眼睛像两盏绿莹莹的灯闪闪发光。

> 比喻句，形容眼睛的颜色和状态。

狼害怕了，钻进了灌木丛，野猪钻到了桌子底下，熊急急忙忙爬上了树，小兔子躲进了洞。

猫一闻到桌子上香喷喷的肉味，就奔到桌子旁边，喵呜喵呜地叫，并张口鼓腮地吃了起来。

> 香喷(pēn)喷：形态词，形容香气扑鼻。

狼、熊它们听到猫喵呜喵呜地叫，还以为它在说"太少、太少、太少！"呢。

"好一个馋嘴的猫！这么多东西还嫌少啊！"

猫先生吃得饱饱的，喝得足足的，就躺在桌子上呼呼呼地睡起觉来。

野猪在桌子底下摇动着尾巴。猫以为是耗子来了，就蹿了下去，一看见野猪就吓得赶紧爬上了熊待的那棵树。

> 蹬(dēng)：踩，践踏。

熊以为猫上树跟它打架，就又往高处爬，可是它蹬的树枝折断了，熊摔在了地上。

熊正巧落在狼躲藏的灌木丛里。狼以为要完蛋了，于是撒腿就跑！狼和熊跑得飞快飞快的，连小兔子也追不上了。

猫跳上桌子吃起沙拉和蜜来。它同狐狸大姐把所有的东西吃了个精光，就回家去了。

狼、熊、野猪和小兔子又聚在了一起，异口同声地惊叹：

"多厉害的野兽啊！别看它这么小，可差点儿把我们大家给吃掉！"

忠实的朋友

> 每个人都有朋友，也都希望有个忠实的朋友。看看这篇童话，你希望有个像小汉斯一样的朋友吗？

有一天，一只年老的河鼠爬出洞来，伸出了头，它看见肥壮美丽的母鸭在教它的宝宝们学游泳。"你们要学会在水里倒立，这样你们才可能有机会与优雅有教养的人来往。"母鸭说。但小鸭子们根本不在意母鸭的话，它们随意地在水里游动着、嬉戏着，它们还太小，才管不着与有教养的人来往有什么好处。

"这些孩子真是不懂事，当心淹死。"河鼠说。

"不能随便教训它们。"母鸭答道，"凡事开头都不容易，做父母的要有些耐心才好。"

"哼！我不懂做父母的是怎么想的。"河鼠说，"我没有结过婚，也不想结婚。爱情是很好，可友谊却比它高尚得多。说实话，我不知道在这个世界上，还有什么比忠实的友谊更宝贵、更难得的了。"

"那么，请问河鼠先生，什么样的朋友才是一个忠实的朋友呢？"一只梅花雀插嘴问道，这个小家伙正蹲在树枝上。

"你的问题真是幼稚啊！"河鼠大惊小怪地说，"忠实的朋友当然就是忠实于我了。"

"那你用什么方法回报你的朋友呢？"梅花雀扇了扇翅膀，继续问道。

"我没听明白你的话。"河鼠说。

教训（jiàoxun）：教育训诫。

幼稚（yòuzhì）：形容头脑简单或缺乏经验。

大惊小怪（dàjīng xiǎoguài）：形容对不足为奇的事情过于惊诧。

"让我给你讲个故事吧。"梅花雀说。

"这故事和忠实的朋友关系大吗？如果是，我倒愿意听。"河鼠说。

"这个故事的名字就叫《忠实的朋友》，我想，也和你所说的事有关系。"梅花雀对河鼠说。

"好啊，我也很想听呢。"母鸭游了过来，要听梅花雀讲故事。

以下是梅花雀讲的故事。

有一个男孩子叫汉斯，他性格很好。小汉斯长着一张很和善的圆圆脸，他心地善良。

小汉斯独自生活在一间小屋里，他天天在园子里工作。他的园子里种了一些蔬菜和各种鲜花，有的品种还十分珍贵呢！各种花争芳斗艳，有紫罗兰、美洲石竹、黄水仙、丁香、番红花，还有中国的牡丹和法国的松雪草……花园里一年四季都开着艳丽的花朵，真是让人感到赏心悦目。

小汉斯有很多朋友，但经常来拜访他的是点心师浦修。浦修十分富有，不仅有个点心铺，还有一间磨坊和一大群牛羊。浦修经常拜访小汉斯，每次走的时候都要从小汉斯的花园里折一大束花，遇到果子成熟的季节，还要摘些樱桃或者果子回去。不过，浦修却从来没给小汉斯拿过礼物，哪怕是一块点心也没有送过。

浦修常常对小汉斯说："真正的朋友就要共同分享一切，友谊是不能自私的。"小汉斯听着，微笑着点头，拥有这样一个有思想的朋友他觉得可高兴了。

小汉斯一年到头辛苦劳碌，春、夏、秋三季，他去市场上卖鲜花和蔬菜，吃饱饭还没问题；可是冬天一到就不行了，一天只能吃一顿饭，常常是饿着肚子上床睡觉。

冬天真是太难熬了，他常常感到寂寞。因为浦修冬天不会来拜访他。

浦修自己躲在温暖的家里，悠闲地嗑着瓜子，对自己的妻子

拜访：敬辞，访问。

嗑(kè)：用上下门牙咬有壳的或硬的东西。

说:"在春天来到之前,我是不会去小汉斯的园子的,我又拿不回来什么东西。另外,小汉斯有困难,我就更不会打扰他了,会让他很难过的。这是我对友谊的看法,等到春天来了,我再去找他,他可以送我一束早开的鲜花,他可高兴这么做了。"

浦修的妻子坐在壁炉旁的一张沙发上,十分得意地修剪着她那保养完好的指甲,这时便回答丈夫道:"你为别人考虑得很周到。我同意你的意见,这样的友谊对我们好处多多呀。"

这时,浦修的小儿子插嘴说:"为什么我们不请小汉斯来看望我们呢?如果小汉斯没有东西吃,我可以把我的饼干给他吃,还让他和我的小白兔玩。"

"真是个傻孩子!"浦修对小儿子喊道,"如果小汉斯到了我们家,看见我们家的温暖,看见我们家美味的点心和葡萄酒,他会妒忌的。妒忌你懂吗?这可不是什么好事,会损害他人的高尚品德。我可不能败坏了小汉斯的品德,我是他忠实的朋友,我要照管他,不让任何东西来诱惑他。"

"再说了,如果小汉斯到了我们家,提出来要借一点儿面粉,那我们该怎么办?面粉和友谊这两件事不能混在一起。你会读这两个单词吗?发音不同,意思也不一样。"

浦修的妻子喝着柠檬茶说:"你的话有道理,就像在礼拜堂里听教士讲经一样。"

浦修的小儿子涨红了脸,他不明白父母的话,只好什么也不说了。

"你的故事讲完了吗?"河鼠问梅花雀。

"这才刚开始。"梅花雀回答说。

"那你讲故事的方法太落后了。"河鼠说,"最新的方法是,先讲结尾,再讲开头,最后才讲中间。这是我听一个有名的人说的,他戴着一副蓝眼镜。不过,现在还是接着讲吧,我喜欢那个点心师浦修,我觉得我同意他的观点。"

"好吧,那我接着讲。"梅花雀扇了扇翅膀,活动了一下两条

妒忌(dùjì):对才能、名誉、地位或境遇等比自己好的人心怀怨恨。

诱惑(yòuhuò):使用手段,使人认识模糊而做坏事。

腿，蹲在了另一个树杈上。

冬天过去了，田野上又开满了五颜六色的花。

浦修说："我要去看望小汉斯了，我有太久没有见到他了。"

"好啊！"他的妻子回答，"你太善良，小汉斯真应该感谢你。拿着一个大篮子，亲爱的。"

> 这两口子真是愚蠢和虚伪的一对绝配！

点心师浦修拿着一个大篮子上路了，向小汉斯的园子走去了。

"早安，我的朋友。"浦修热情地向汉斯问好。

"早安。"小汉斯停下手中的活儿，满面笑容地回答。

"冬天生活得怎么样？"

"感谢上帝，我可熬过来了。毕竟春天已经到了，我真高兴，我的花已经开始绽放了。"

"这个冬天我们可想你了，不知道你过得怎么样？"

"你太好了，我还认为你忘了我呢！"

"怎么会呢？汉斯，无论相隔多远，离开多久，我都忘不了你这个真正的朋友，这就是友谊的力量。你看，你的生活中充满了诗情画意，你的迎春花长得多好啊！你应该学会欣赏。"

> 虚伪的家伙为什么往往能讲出一套套的大道理？

"是啊，它们确实长得好，花也开得早。"小汉斯说，"我正准备把花带到集市上去，卖给镇长的小姐，有了钱就可以赎回我的小车，我运土正需要车呢！"

"你怎么把小车卖掉了？你真够蠢的。"

小汉斯说："我不得不这样做。为了换一个面包吃，我先是卖掉了衣服上的银纽扣，然后卖掉了妈妈留给我的银项链，最后卖掉了我的小车。没办法，对我来说冬天太残酷了，我要生存啊。现在好了，我可以赎回它们了。"

点心师浦修说："小汉斯，我愿意把我的车给你，这辆车少了几根辐条，一边的木架也散落了，但我还是要把它送给你。有人会说我太傻了，但我认为慷慨是友谊的重要组成部分。而且我还有一辆新车，就不用那辆旧车了。"

> 慷慨（kāngkǎi）：充满正气，不吝惜。

小汉斯忠厚的圆脸上充满了喜悦，说："你太好了，有你这样慷慨的朋友真是我的运气。小车破不要紧，我可以修好它，我正好有一块木板。"

"你有一块木板吗？太好了，刚巧我的谷仓烂了一个洞，正需要一块木板来补呢！"浦修说，"既然我已经把小车给你了，你把木板送给我吧；小车可比木板贵多了。我不在意是否吃亏，真正的友谊是不会留心这些小事的。请你把木板拿给我，我今天就要修我的谷仓，不然谷子会受潮的。"

小汉斯没有多想，马上拖了一块木板给他。

浦修仔细观察了那块木板说："木板不够大，如果我补了谷仓，可能就不能补小车了。不过这不是我的过错，影响不了我们的友谊。既然我把小车送给你了，我想你一定会很高兴地送一些花给我，我很懂得欣赏它们呢。我今天带了一个篮子，请给我装满。"

小汉斯看着那么大的篮子为难了，说："装满吗？"因为那篮子太大了，足以把他可以拿去卖的花全都装走。

"当然。"浦修说，"我把小车都送给你了，要你一点儿花来欣赏，你还小气。也许是我想错了，不过我总认为友谊——我是说真正的友谊，是不带一点儿私心的。"

"亲爱的朋友，你是我最好的朋友，我的花园就是你的花园，银纽扣和银项链无所谓，哪天赎回来都没关系，我很高兴可以成为你真正的朋友。"小汉斯激动地说着，剪下了园子里盛开的迎春花，装满了浦修的大篮子。

第二天早上，小汉斯正忙着剪花枝，浦修又来了，肩上扛着一袋面粉。

"亲爱的小汉斯，你帮我把这袋面粉送到集市上去好吗？"浦修说。

"真不好意思，我今天要干的活儿太多了。"小汉斯说。

"我已经答应把小车送给你了，你竟然拒绝我，是不是有点儿不讲情意？"

这就叫"得寸进尺"吧！

赎回(shúhuí)：用财物把抵押品换回。

"啊,看你说的,我怎么会不讲情意呢!"小汉斯说着就放下了手中的工作,接过那一袋面粉,去集市了。

到集市的路好远啊,天气好热啊,等汉斯到了集市上,把面粉卖了,匆忙赶回家,天都快黑了。他匆匆忙忙地做了一些饭,就上床睡觉了。

第二天一清早,浦修来要那袋面粉的钱,可小汉斯昨天太累了,还在睡觉。浦修有点儿不高兴了,说:"你太懒了,我就要把小车给你了,你就应该勤快些。懒惰不是好习惯,没人愿意和懒人交朋友。你不会怪我说话直率吧?咱们可是好朋友,忠实的朋友才会这样说呢,正所谓忠言逆耳嘛!"

> 懒惰(lǎnduò):不爱劳动和工作、不勤快。

小汉斯揉了揉眼睛,说:"请你原谅,我太累了,我困死了。"

浦修拍了拍小汉斯的肩膀,说:"赶紧穿好衣服,帮我补谷仓。"

小汉斯不好拒绝,但是他说:"我的园子已经有两天没浇水了,还要给花搭架子,我的确很忙。你不会以为我不讲交情吧?"

> 小汉斯的话反映了他虽然吃很大的亏,但对友谊很珍视,唯恐失去它。

"我已经答应把小车给你了,所以你帮我也是应该的。算了,既然你不肯帮忙,我就自己干。"浦修有些不乐意。

小汉斯忙说:"那好吧,我去帮你!"他在浦修的谷仓里忙了一整天,才把大洞全都补好了。天快黑时,浦修来看小汉斯做好了没有。小汉斯拍打着身上的灰尘,说:"你看看吧,全好了。"

浦修说:"能帮助别人是世界上最快乐的事情吧?你这么认为吗?"

> 哲理(zhélǐ):有关宇宙和人生的原理。

小汉斯擦着额头上的汗说:"你的话的确很有哲理,不过我想我不会有这样美丽和高尚的思想。"

"你会有的,不过你要努力呀。你先做好表达友谊的行动,将来你就会有友谊的理论了。现在你休息吧,明天帮我放牧牛羊。"

第二天一清早,浦修就把一群牛羊赶到了小汉斯的家门口,把鞭子塞到小汉斯的手里。小汉斯实在很无奈，只好又为浦修放了一整天的羊。

天天为浦修干活，小汉斯的园子都快荒芜了。可浦修总是让汉斯为他做事，还经常讲起关于友谊的美丽理论，使得小汉斯又痛苦、又困惑。

一天晚上，天气很恶劣，雷雨大作。小汉斯刚刚睡下，就听到"嘭、嘭"的敲门声。开门一看，浦修披着雨衣，站在门口，一只手拿着手杖，另一只手还拿着一盏汽灯。

"亲爱的小汉斯，我真是太悲惨了，我的小儿子从楼梯上滚下来受伤了。医生住得很远，所以我想要你帮我找医生。你知道我就要把小车送给你了，你可要帮我，我觉得这很公平。"

小汉斯说："我很同情你的孩子。你既然下着大雨来找我，我当然要去找医生了。不过你要把汽灯借给我，因为天太黑了，路又滑，不然会摔跤的。"

"这是我新买的汽灯，玻璃很容易碎。如果摔坏了，我可要花不少钱啊！"浦修说。

"那我就不用灯了，我现在就走。"于是，小汉斯披了件旧大衣，折了根树枝做手杖，冒着大雨去请医生了。

这个夜晚真吓人，风刮得很猛烈，雨下得也很大，伸手不见五指。小汉斯摔了好几次跤，走了大约三个小时，才找到了医生的家。

医生的态度可好了，立刻叫人备马，又穿上靴子，提上灯笼就出发了。小汉斯跟在后面跑。

雨越来越大，小汉斯看不清路，也跟不上马，迷路了。一会儿，山洪暴发，可怜的小汉斯被淹死了。直到第二天中午，几个牧羊人才发现他的尸体，他们把尸体抬到了小屋里。

安葬小汉斯的时候，全村几乎所有的人都去为他送行。小汉斯诚实善良，大家都喜欢他。

葬礼结束后，送葬的人坐在一起喝茶、吃点心。一位铁匠

荒芜（huāngwú）：土地无人照管，长满了野草。

真是无耻的楷模和典范！

可怜的汉斯死了，他的死会给浦修带来什么呢？

说:"小汉斯死了,对我们村的每个人都是一个损失。"

浦修接着说:"反正对我的损失最大。我快要把我的小车送给他了,可他现在用不着了。我真不知道该怎么处理这辆车,它太破了,破得根本不值钱。以后我再也不会答应把东西送给人了,说了要送给他还要替别人保存,对别人慷慨吃亏的还是自己。"

> 无耻一词已经不足以形容这位点心师了!

"后来呢?"河鼠问。

"这就是故事的结局。"梅花雀说。

"点心师后来怎么样呢?"河鼠问。

"我不知道,我也不关心。"梅花雀说。

"真没有同情心。"河鼠说。

"你肯定没有明白其中的教训。"梅花雀说。

"什么?"

"教训!"

河鼠不乐意,说:"你在开头就应该说这个结局,如果当时你讲了,我就不会再听下去了。"说完,河鼠又用尾巴扫了一下,便走回自己的洞里了。

> 看来,河鼠先生和点心师倒是志同道合,同样的冷酷无情。

"你喜欢河鼠吗?"母鸭问梅花雀,梅花雀还没有回答,她又接着说:"河鼠固然有自己的优点,但对于一个做母亲的人来说,我理解不了它的怪脾气。"

"我想我是得罪它了。"梅花雀说,"因为我讲了一个带有教训含义的故事。不过,这样的教训倒是值得你我思考哩!"

小夜莺

> 富老爷的贪婪，充分反映了他作为权贵利益阶层的本质。

有一个富老爷捉住了一只小夜莺，想把它关进笼子里。于是，小夜莺便向老爷央求：

"好心的老爷，只要你把我放了，我就给你出两个你用得着的好主意。"

老爷听罢，答应放走小夜莺。

小夜莺说：

"第一，任何时候都不要贪图那些本来不属于你，因而也永远不会得到的东西。

"第二，千万不要听信那些没有道理的话。"

老爷听了小夜莺的这番话就把它放了。等小夜莺展翅飞出老爷的手后，说道：

"哎呀，老爷，你把我放了，这可是做了一件蠢事啊。你可知道我有一件多么珍贵的珠宝啊！我有一颗价值万贯的大珍珠，你要是得到它，就会富上加富啦。"

听小夜莺这么一说，老爷悔之莫及，遗憾万分。于是，他贪婪地向小夜莺扑去，想再次把小夜莺捉到手。

小夜莺见老爷这副贪财的样子，就讥讽说："老爷，现在我看明白了，你原来是个贪婪而又愚蠢的人：你贪图那些本来不属于你，因而也永远不会得到的东西，而且相信了我的没有道理的话！你想想，我的身躯这么小，哪能容得下一颗大珍珠呢？"

说完，小夜莺就自由自在地飞走了。

你同意小夜莺的这两条道理吗？

自由自在(zìyóu zìzài)：形容没有任何拘束和限制。

黄鼠狼

> 众人拾柴火焰高。有人帮助时,任何事情都不会难住你。

从前有一个老头儿和一个老婆儿。黄鼠狼去他们家偷小鸡都偷出瘾来了。等把小鸡偷光了,又偷走了一只老母鸡。

于是老头儿说:

"老婆子,我打黄鼠狼去。"

他去了。

走啊走啊,忽然看见路上有块干牛粪。

"上哪儿去呀,老爷爷?"

"打黄鼠狼去!"

"那咱们一块去吧!"

"好,走吧。"

他们一起走着,忽然看见路上有条树皮带子。

"上哪儿去呀,老爷爷?"

"打黄鼠狼去!"

"咱们一块去吧!"

"好,走吧。"

他们三个一起走,忽然看见路上有根棍子。

"上哪儿去呀,老爷爷?"

"打黄鼠狼去!"

"咱们一块去吧!"

瘾(yǐn):特别深的嗜好。

下文还会多次出现这样类似的句式,请学习一下这样的写作手法。

"好，走吧。"

他们四个一起走，忽然看见路上有颗橡子。

"上哪儿去呀，老爷爷？"

"打黄鼠狼去！"

"咱们一块去吧！"

"好，走吧。"

他们五个一起走，忽然看见一只虾。

"上哪儿去呀，老爷爷？"

"打黄鼠狼去！"

"我也跟你去！"

"好，走吧。"

他们六个一起走，忽然看见公鸡跑来啦。

"上哪儿去呀，老爷爷？"

"打黄鼠狼去！"

"我也跟你一起去！"

"好，走吧。"

他们来到了黄鼠狼的茅屋。从窗户往里瞧了瞧，黄鼠狼不在家。他们就进屋藏了起来：橡子钻进炉子里，干牛粪躺在门槛上，树皮带子躲在门槛旁，棍子爬上了阁楼，大虾跳进脏水桶，公鸡飞到横梁上，老头儿躲在炉台边上。黄鼠狼回来了。橡子在炉子里热得直冒汗，就唱：

> 黄鼠狼呀，黄鼠狼，
> 今天你定要遭殃，
> 大家要你把债偿！
> 他们要杀你，
> 救出老母鸡。

黄鼠狼说：

"什么，这是什么声音？"

橡子又唱了起来：

橡子（xiàngzi）：橡树的果实。

瞧（qiáo）：看。

遭殃（zāoyāng）：遭受祸殃。

> 黄鼠狼呀，黄鼠狼，
> 今天你定要遭殃，
> 大家要你把债偿！
> 他们要杀你，
> 救出老母鸡。

想想看，如果没有另外五位朋友的帮助，老头儿能这么容易地收拾了黄鼠狼吗？

  黄鼠狼一听害了怕，就想往脏水桶里藏，可是大虾夹住了它的脚，它想往横梁上跳，公鸡对准它的头直啄，它往门槛那边跑，正踩着了干牛粪，跌了个四脚朝天，树皮带子绊着了它，棍子从阁楼上跳下来，对准黄鼠狼噼噼啪啪一阵打，把它打死了。于是老头儿带着老母鸡和小鸡赶紧回家去了。

聪明的姑娘

聪明勇敢的小姑娘面对老爷的问题，没有退缩，为家庭争得了利益，值得学习。

从前有兄弟俩，一个穷，一个富。有一次，富哥哥不知怎的对穷弟弟起了怜悯之心，他见弟弟一贫如洗，就给了他一头乳牛，说道：

"只要你好好为我做工，这头牛就算你的了。"

于是，弟弟就开始拼死拼活地为哥哥做起工来。后来，富哥哥又心疼那头乳牛了，他对弟弟说：

"把牛还给我吧！"

弟弟恳求说：

"哥哥，这头牛可是我为你做工换得的呀！"

"就凭你做的那一星半点儿的活儿，就能顶得上我这头上等的乳牛？快把牛还给我，快！"

穷弟弟可惜自己白出了力，不想把牛还给哥哥。两人争执不下，就去找一位老爷评理。可老爷懒得动脑筋去判断谁是谁非，于是就对哥俩说：

"你们俩谁能猜中我的谜语，乳牛就归谁。"

"请说，老爷！"

"你们听着：世界上什么东西吃得最饱，什么东西跑得最快，什么东西最可爱？你们明天来告诉我。"

兄弟俩离开了老爷的家。富哥哥一边走一边想：

"这哪里是什么谜语，简直是胡说八道！依我看，吃得最饱

一贫如洗(yīpín rúxǐ)：像用水洗过一样，比喻穷得什么也没有。

争执(zhēngzhí)：争论中双方各执一词，各持己见，不肯相让。

的莫过于老爷家的猪；跑得最快的莫过于老爷家的灵狐；最可爱的东西莫过于金钱！我猜中了，这牛可就是我的了！"

> 排比句，分别列举三种不同的情况。

穷弟弟回到家里，左思右想猜不中，便发起愁来。女儿玛鲁霞见爸爸愁闷不乐，就问：

"爸爸，你为啥发愁啊？老爷说什么啦？"

"老爷出了个谜语，我苦思冥想猜不中，真愁死人了！"

> 苦思冥想（kǔsī míngxiǎng）：深沉地思考，苦苦地思索。

"什么谜语？"

"老爷问：世界上什么东西吃得最饱，什么东西跑得最快，什么东西最可爱？"

"咳，爸爸，世界上吃得最饱的是地妈妈，她能养活所有的人，让大家吃饱喝足；跑得最快的是思索，要想到什么地方，一瞬间就能到；最可爱的东西是睡觉，人只要一睡觉，什么愁事也会忘记的！"

"孩子，说得对呀！我就这样跟老爷说去。"

第二天，两兄弟又到了老爷那里。老爷问：

"喂，你们猜中了没有？"

"猜中了，老爷。"两兄弟齐声回答。

只见富哥哥抢步上前并得意扬扬地说：

> 得意扬扬（déyì yángyáng）：形容十分得意的样子。

"老爷，依我看，吃得最饱的莫过于您家的猪；跑得最快的莫过于您家的灵狐；最可爱的东西莫过于金钱。"

"住嘴，简直是胡言乱语！"说完又转过来问穷弟弟："喂，你呢？"

穷弟弟急忙答道：

"老爷，依我之见，没有什么东西能比地妈妈吃得更饱的了，她能养活所有的人，让大家吃饱喝足。"

"对，对！"老爷说，"那跑得最快的是什么呢？"

"跑得最快的是思索，它要到什么地方去，一瞬间就能到。"

"说得好！那最可爱的东西又是什么呢？"老爷问道。

"最可爱的东西是睡觉，人只要一睡觉，什么愁事也会忘记的!"

"你说的完全对!"老爷说,"这头乳牛就是你的了。不过,你得实话告诉我,这谜语是你自己猜中的呢,还是有人帮了你的忙?"

穷弟弟说:"老爷,不瞒您说,我有一个女儿叫玛鲁霞,这是她教给我的。"

老爷一听便火冒三丈,冲着穷弟弟喊道:

"原来是这么回事!我是个绝顶聪明的人,她只不过是一个普通农家女子,竟然猜中了我的谜语!你听着,我给你十个煮熟的鸡蛋,带回去交给你的女儿,让她用一只孵蛋的母鸡一夜之间孵出小鸡,再把小鸡喂养大,然后要她宰杀三只做成早餐,你要在明天我起床之前把早餐送来,我等着。否则,你们可要倒霉!"

穷弟弟哭泣着回到了家里。女儿问道:

"爸爸,你又哭啥呀?"

"孩子,我怎么能不哭啊!老爷给了你十个煮熟了的鸡蛋,要你用一只孵蛋的母鸡一夜之间孵出小鸡,再把小鸡喂养大,然后将三只烤熟给他当早餐。"

玛鲁霞把一瓦罐稀饭拿到爸爸跟前,说道:

"爸爸,你把这罐稀饭送给老爷,让他耕好地,再把这罐稀饭种在地里,等稀饭长黍子和成熟后,让他把黍子收割、脱粒,再碾成米,我好用这些米把这些熟鸡蛋孵出的小鸡喂大。"

第二天,穷弟弟把稀饭送给了老爷,并把女儿的要求如此这般地说了一遍。

老爷把稀饭看了又看,气急败坏地扔在地上喂了狗。一计不成,又生一计,他找来一株亚麻交给穷弟弟,说道:

"你把这株亚麻带给你的女儿,要她沤好,晒干,抽成丝,纺成线,再织成一百尺亚麻布。否则,你们就要倒霉!"

穷弟弟哭着回到了家里。女儿迎上前去问道:

"爸爸,你为啥总是哭啊?"

火冒三丈(huǒ màosānzhàng):形容非常气愤。

碾(niǎn):滚动碾磙子等使谷物去皮、破碎,或使其他物体破碎、变平。

气急败坏(qìjí bàihuài):上气不接下气,狼狈不堪,形容十分慌张恼怒。

沤(òu):长期浸泡,使起变化。

"孩子,是这么回事:老爷给了你一株亚麻,要你沤好,晒干,抽成丝,纺成线,再织成一百尺亚麻布。"

玛鲁霞拿起刀子,到外面从树上割下了一条细细的树枝,交给了爸爸,说道:

"爸爸,你把它带给老爷。要他用这条细树枝给我做成一个梳麻机和一张织布机,我好用来把亚麻织成布。"

穷弟弟把细树枝送给了老爷,把女儿的要求说给了他。老爷把树枝看了又看,无可奈何地扔到了地上,心想:"简直是欺人之谈!细细的一条树枝怎能做出这么多东西!"他看两次都没能难住玛鲁霞,就又挖空心思地想出了一个鬼主意,对穷弟弟说:

"回去告诉你的女儿,让她来我这儿做客,可来的时候,既不能步行,也不能坐车;既要打赤脚,又不能脱去鞋子;既不能带礼物,又不能不带礼物。如果做不到这一点,那她就要倒霉。"

穷弟弟一边哭一边往回走,回到家里对女儿说:

"孩子,我们可该怎么办哪?老爷吩咐你……"穷弟弟把老爷的话一五一十地告诉了女儿。

玛鲁霞安慰爸爸说:"爸爸,不用愁,这事不难办。你去给我买一只活兔子回来。"

穷弟弟买回了一只活兔子。玛鲁霞一只脚上穿了一只破鞋,另一只脚打着赤脚。她捉了一只麻雀,找来了爬犁,套上了一只山羊。她把兔子藏在腋下,把麻雀拿在手上,一只脚让山羊驮着,另一只脚用来走路。玛鲁霞就是这样一副架势来到了老爷家的院子。老爷见她这个样子,就立即呼唤仆人:

"快给我放狗追!"

仆人毫不怠慢地把一群狗向玛鲁霞放了过去。玛鲁霞看见狗向自己扑来,就赶紧把手里的兔子放了出去。那些如虎似狼的恶狗一看见兔子,就丢开了玛鲁霞朝兔子追去。于是玛鲁霞平平安安地走进了老爷的厅堂,躬身说道:

一五一十(yīwǔ yīshí):讲事情的真相,且没有遗漏。

怠(dài)慢:冷淡,客套话,表示招待不周。

"老爷,这就是我给您带来的礼物。"她把一只麻雀送到了老爷的眼前。老爷刚想伸手去拿,她却把麻雀放了,麻雀飞来飞去,然后就飞到广阔的天空去了。

正在这时,有两个农夫来找老爷评理。老爷问:

"你们俩有什么事啊?"

一个农夫说:

"老爷,是这么回事:昨天夜里我们俩在田里过夜,第二天早晨醒来,看见我的母马生了一匹小马。"

另一个农夫争辩说:

"老爷,他撒谎,小马是我的母马生的!老爷,就请您做主吧!"

老爷想了一会儿,终于想出了一个主意:

"你们把小马和两匹母马一起牵来,如果小马去找哪匹母马,这小马就是哪匹母马生的。"

农夫把套在车上的两匹母马牵来,然后把小马放开。两个农夫都把小马往自己一边拉,小马就不知该往哪一匹母马那儿跑了。在场的人都不知所措:怎样才能判断出小马是哪匹母马生的呢?正在无计可施之时,玛鲁霞说道:

"你们把两匹母马卸下车放开,再把小马套上车。如果哪匹母马跑去认小马,这小马就是哪匹母马生的。"

农夫把各自的母马卸下车,把小马套在另一辆车上;只见一匹母马立即向小马奔去,另一匹站在原地不动。

这下老爷不得不认输了,承认玛鲁霞是个聪明过人的姑娘,任何巧计也难不住她,只好把她放走了。

> 评理(pínglǐ):评断是非。

> 不知所措:不知道说的是什么,指语言紊乱或空洞。

> 聪明过人(cōng míng guò rén):非常聪明,超过常人。

魔镜

有求必应的魔镜人人都想拥有,但一定要通过正确的方法。

在非洲一个遥远的地方,有一对夫妻,他们一直没有孩子,觉得生活挺无聊。后来,他们去拜访一个有名的巫师,请他给想想办法。

"这事太好办了。"巫师听了他们的诉说以后说,"你们回去挑一个月光明媚的夜晚,捉两条鱼,一条雄的,一个雌的,把它们煮熟吃掉,一年以后,你们肯定有孩子了。"

夫妻俩照巫师的方法去做了。果然,一年不到,他们便有了一个儿子,这个孩子叫唐博。

唐博长得很快,过了几年,就能到森林里捡柴了;又过了几年,他学会了打猎。唐博打猎的方式和别人不一样,每次他都是一个人独行,只带着一只老黑猫做伴。他走遍了当地的每个角落,只有山下的一片森林从来没有去过,因为那儿是禁区,任何人都不能去。

一天,唐博对父母说:"我想到山下的那片森林里去看看。我已经长大了,不会出什么事的。"说完,他备齐了斧子、弓和箭,带着老黑猫出发了。

钻进森林不久,唐博遇见一条大蛇。这条大蛇正在吞一头羚羊,羚羊的头不巧卡在喉咙口,想吞吞不下,想吐吐不掉。一看见唐博,大蛇就喊道:"小伙子,你快过来,帮我把羚羊的头割掉好吗?要不然,我会被卡死的。"

明媚(míngmèi):(景物)鲜明可爱.明亮动人。

禁区(jīnqū):禁止一般人进入的地区。

"如果我帮你，你会吃掉我吗？"唐博问。

"不！不会的！"大蛇发誓说，"我反而会十分感谢你！"

这时，老黑猫也为大蛇求情："去帮它一下忙吧！我包你平安无事！"

唐博用斧子砍下羚羊的头。大蛇轻松地出了一口气，说："现在，请你抓住我的尾巴，我要请你去我家，我要把礼物送给你。可你一定要抓紧啊！"

唐博用两只手紧紧地抓住大蛇的尾巴，老黑猫跳上他的肩膀，他们上路了。

来到大蛇家里，大蛇端出许多好吃的东西盛情款待唐博和老黑猫，并邀请他们在这儿小住几天。

三天以后，大蛇对唐博说："我讲过要给你谢礼的。今天，我带你去一个地方，我在那儿保存着一些镜子，你可以挑一面最喜欢的拿走。"

大蛇带唐博来到放镜子的大洞，洞里果然摆满了各式各样的镜子。这时，老黑猫凑近唐博的耳朵小声说："你就要落着一只苍蝇的那面镜子！"

唐博抬头打量了四周，只见一只苍蝇在洞里嗡嗡嗡嗡地飞来飞去，最后落在一面镜子上，他便指着这面镜子说："我就要这面吧！"

"你可够聪明的！"大蛇说着，拿起镜子递给了唐博。

他们出了洞，然后就分道扬镳了。

唐博刚到家，老黑猫就对他说："这是一面魔镜，不管你有什么愿望，它立刻就能为你实现。"

"真的吗？"唐博惊喜地叫起来。他决定试验一下。

"魔镜啊魔镜，我想要一座红石板盖顶的房子！"

唐博刚说完，面前真的就出现一座红石板盖顶的房子。

唐博高兴地跑到父母身边说："我去酋长家，向他的女儿求婚。"说完，他穿上了粗布长裤、衬衫，戴上了一顶旧帽子，系

在力所能及的情况下帮助别人是件好事。

款待：亲切优厚地招待。

分道扬镳(fēn dào yáng biāo)：分开道路，驱马前进。指分道而行。

酋长(qiú zhǎng)：部落的首领。

上了一条用香蕉叶做的领带，撑着一把用香蕉叶做的伞，就上路了。

来到酋长家门口，唐博没打招呼就要往里闯。酋长和酋长太太立刻迎了出来。

"你来干什么？"酋长问。

"向你女儿求婚。"唐博答。

酋长和酋长太太一听，有些看不起唐博的样子。酋长还故意为难他说："我们的女儿可以跟你成亲；不过，按照我们这儿的规矩，你得先盖一幢楼。你就在河中间盖！快盖吧！"

唐博取出镜子，嘴里轻轻地说："魔镜啊魔镜，我想在河中间盖一幢楼房，房子要有家具、仆人还有粮食。"

一眨眼，一幢唐博所要求的楼房便耸立在河当中了。

酋长和酋长太太说过的话要算数，只好把女儿许给了唐博，但他们的心里却不高兴。

酋长的女儿跟着唐博日子过得挺幸福的，因为她不管要什么，唐博对着镜子一说，镜子就满足她了。她高兴得都不想回娘家了。可是，酋长跟唐博之间的事儿并不算完。一天，他派出一队士兵去跟唐博打仗。

当酋长的士兵冲到河中间的楼房前时，楼顶上的公鸡大叫起来：

<blockquote>
咯咯里咯咯！
大事不妙啊！
唐博可怜啊！
敌兵快来了！
楼房要完了！
我也要完了！
</blockquote>

听到公鸡叫，唐博马上对着镜子说："魔镜啊魔镜，快把敌兵赶走吧！"说完，唐博朝外一看，敌兵都退得没影了。

酋长并不善罢甘休，他又派出了第二队士兵。当士兵们快到

耸立(sǒnglì)：高高地直立。

善罢甘休：好好地了结纠纷，不闹下去。

楼房跟前时，房顶上的公鸡又叫了起来：

咯咯里咯咯！

大事不妙啊！

唐博可怜啊！

敌兵快来了！

楼房要完了！

我也要完了！

听到公鸡叫，唐博又赶快对着镜子说："魔镜啊魔镜，快赶走敌兵吧！"说完，唐博朝外一看，敌兵又都后退了。

这时酋长心里想：唐博真有本事啊，看来要除掉唐博，得另想他法了。于是，他派了一个心怀诡计的老太婆到唐博家去，叫她把魔镜偷出来。

诡(guǐ)计：狡诈的计策。

"你真的有一面要什么有什么的魔镜吗？"老太婆问。

"是的！"唐博回答，拿出魔镜让老太婆看。老太婆故意仔细观察，不住地点头称赞，趁唐博没留神的时候，忽地一下将魔镜藏在裙子里，又把事先准备好的一面普通的镜子拿出来。

老太婆回去把魔镜交给酋长，酋长立刻把魔镜放进一面鼓里，然后又派出一队士兵。

一看到敌兵又来进攻，楼顶上的公鸡又叫了：

咯咯里咯咯！

大事不妙啊！

唐博可怜啊！

敌兵快来了！

楼房要完了！

我也要完了！

唐博又拿起镜子大声喊着叫镜子赶走敌兵。可这一次，不管他喊什么，镜子都不起作用了。

于是，敌兵拆毁了楼房，把唐博和老黑猫抓起来关进监狱，并把酋长的女儿带回家。

> 伸手不见五指：伸出手在眼前都看不到指头，形容异常黑暗的环境。

唐博痛苦地坐在伸手不见五指的监狱里，眼睁睁地看着老鼠跑来跑去。这些恶心的小东西，好像要吃掉他似的。

这时，唐博忠诚的小伙伴老黑猫帮了大忙。只见它看准机会，猛地扑向大老鼠，一下子用它锋利的爪子抓住了老鼠的脖子。

"放了我吧，放了我吧！"老鼠大声求饶，"我知道魔镜放在哪儿，我可以给你们偷来！"

> 老黑猫总是在关键时刻大显神威。

老黑猫放了老鼠。这只老鼠说话还真算数，不一会儿就真的把魔镜偷了来。

唐博高兴得一下跳起来，把魔镜抓在手中，说："魔镜啊魔镜，让我获得自由吧！重新给我盖一幢楼房吧！叫我妻子在楼房里迎接我吧！"唐博的愿望个个都实现了，他和妻子的日子更幸福了。

皇帝的鬼耳朵

> 没有什么事是可以骗过所有人的，人应该勇敢地面对自己的不足。

欧洲的一个王国，有个皇帝叫特拉扬。他统治的王国很大，养着一支庞大的军队，住着豪华的宫殿，还有无数的财富。但是尽管这样，他生活得一点儿都不高兴。因为他长着两个又尖又长的鬼耳朵。皇帝特拉扬精心设计了一个帽子，把耳朵藏在里面，生怕别人看见。但是有一个人能看见——他的理发师。因为皇帝也需要理发，理发的时候又没有办法把讨厌的耳朵藏起来。每当新的理发师来到皇宫——每次都要换一个理发师——理完发，皇帝就问他："你看到了什么，理发师？"理发师怎能不为他的耳朵惊奇呢？就说："我看见你长着一双鬼耳朵，陛下。"于是，这个理发师立刻就没命。因为皇帝怕他的丑事传遍全国，被全国人民嘲笑。就这样，被叫到皇宫里的理发师没有一个活着回去的。

很久以来，人们都羡慕那些下落不明的人，都以为他们住在皇宫里做皇帝的私人理发师呢！但是，后来人们就猜疑起来，为什么那么多的理发师进了皇宫，没有一个人回来？难道皇帝要征兵不成吗？慢慢地人们才明白过来：这些不幸的理发师肯定死了。消息一传十，十传百，全国的理发师都害怕了。他们吃不下饭，睡不着觉。在这个国家里，人们都这么认为：如果谁在街上遇见一个脸色惨白而又悲伤的人，他一定是个理发师。通常理发师总喜欢边唱歌边剃头，但是如今他们的歌声再也听不见了。原来欢闹的理

陛下（bìxià）：对君主的尊称。

一传十，十传百：形容消息传播得非常迅速。

发店如今死气沉沉的。尽管有的理发店并没有一个理发师被皇帝召去，但是他们都害怕自己的命运。

　　一天，一个老理发师要面临这种灾难。皇帝的卫士来找他了，他不愿意去皇宫送死，就躺在床上装病。他装得可真像呢！因为他浑身发抖。他的理发店里有一个年轻的徒弟，这个正直的年轻人不怕死，要替师傅去给皇帝理发。年轻人也知道，去了就回不来了，但是他决定想尽一切办法活下来。

　　他走到皇帝跟前，皇帝看着他皱了皱眉头说："你是我叫来的理发师吗？你太年轻了！"

　　"我是他的徒弟，陛下，我的师傅得了传染病，他现在躺在床上不能起来。"年轻人一面回答，一面从背包里拿出剃刀和剪子。

　　皇帝坐在椅子上，年轻的理发师开始给皇帝理发。这年轻人心灵手巧，再加上十分小心，所以动作特别轻。皇帝不一会就睡着了。当然，皇帝的那双奇怪的耳朵也使年轻人大吃一惊。当他理完发收拾东西的时候，皇帝十分有戒心地看了一下他，严厉地问：

　　"你理发的时候看见什么了，小伙子？"

　　"什么都没看见，尊敬的陛下。除了你端正的五官以外，我什么也没看见。"年轻人回答。

　　皇帝听了很高兴，奖了他一打金币，并告诉他下次再来。

　　年轻人回家了，师傅看见他回来，特别吃惊，他突然从床上坐起来问徒弟："怎么回事？"

　　"没什么。"年轻人回答。

　　"你给皇帝理发了吗？理完发皇帝对你做了什么了？"

　　"我像你教的那样给皇帝理了发。他特别高兴，给了我十二个金币，还告诉我下一次还去给他理。"

　　他的师傅十分好奇，很想知道皇宫里的情况，问他皇帝是什么样子，穿什么衣服，还问了许多别的问题。年轻人诚实地回答了所有的问题，但他并没有提皇帝的鬼耳朵。

此后，年轻人经常给皇帝理发，每次都得到一打金币的奖赏。皇帝很喜欢他，但是年轻人反而越来越觉得可怕。这个秘密一直在他的心里，从来不敢向任何人吐露一个字，但是不知怎么的，只要一闭眼睛，那双鬼耳朵就出现在他面前。别的理发师不再担心性命了，渐渐变得开朗而欢乐起来，这个可怜的年轻人却一天比一天瘦。他不能吃，不能睡，像生了大病一样。

吐露(tǔlù)：说出实情或真心话。

他的师傅注意到这一点，就问是什么事情使他苦恼。

"没什么，师傅。"年轻人难过地回答。

师傅放心不下，追问不舍，最后年轻人说：

"实话告诉你吧，师傅。我有一个秘密严重地折磨着我的心灵，但是我没有向任何人说过；如果我说出去，我就活不成了；如果我不说，我便永远都不快乐，直到我死去。"年轻人说完，愁苦地望着善良的师傅。

折磨(zhémó)：使在肉体上、精神上受痛苦。

师傅想了一会儿，说："可以告诉我吗？我保证替你保密，一直到死。"

年轻人痛苦地摇摇头还是没说。

"那么你去找神父，去向他忏悔。"

年轻人摇摇头，哭得很伤心。

忏悔(chànhuǐ)：对以往的罪过、错误有所认识并为之痛心。

"如果你不肯告诉任何人，还有一个办法可以帮你去除你的精神负担。你可以走到城外，走到旷野里，在地上挖一个坑，挖深一些，然后把头伸到坑里，对着大地把你的秘密说三遍，然后用土埋起来。这样你就说出了心里的秘密，而大地肯定不会把秘密泄露的。"

泄露(lòu)：不应该让人知道的事情让人知道了。

年轻人听了师傅的话，想尝试一下。他走到田野里，挖了一个坑，看看周围，除了天空、大地和他自己以外，没有别人。他趴到坑里说了三遍："皇帝长着鬼耳朵！"说完以后，把坑平上，高高兴兴地回家了。

过了几个星期，年轻人挖坑的地方长了一棵大树。树干像蜡烛一样直，枝叶特别繁茂。

一个放羊的孩子经过了，从树上折下一根枝条，用手拧动了枝条的外皮，抽出中间的木芯儿，做成一个小哨子，一吹哨子，发出一个非常清晰的声音："皇帝长着鬼耳朵！"

别的孩子听了，十分奇怪，以为吹小哨的孩子会变戏法呢？他们抢过小哨自己吹吹，竟然是同样的话："皇帝长着鬼耳朵！"孩子们每人都折了一根枝条，一会儿就做了许多小哨子。

孩子们晚上赶着羊群回城，他们一边走，一边吹，街上到处都在喊着："皇帝长着鬼耳朵！"没到天黑，全城的人都知道了"皇帝长着鬼耳朵！"几天过去，全国人民都知道了这个秘密。

皇帝听说这个事以后，气急败坏，喝令卫士赶快把那个年轻理发师找来。年轻人一进门，皇帝骂他："你说了我什么坏话？你怎么能这样忘恩负义！"

"没说什么，仁慈的陛下。"年轻人回答。

"大胆！还敢说谎！你把我的秘密告诉了每一个人，现在全国人都在议论这件事！"想起人们的议论，皇帝暴怒异常，他抽出腰刀正想杀死年轻人。

年轻人急忙跪下说："饶恕我吧，仁慈的陛下，你的秘密我没告诉任何人，我只是告诉了大地……"年轻人把挖坑埋秘密的事说了一遍。

皇帝听了年轻人的话，也觉得奇怪，他带着年轻人和几个卫士，坐着马车去田野视察一下。

他们走到大树跟前，树上只剩了一根枝条——所有的枝条都让人折走了。皇帝命令一个卫士折下那根枝条，做成口哨给他吹一吹，只听见一个清晰的像是年轻人的声音："皇帝长着鬼耳朵！"

皇帝从卫士手里夺过口哨，自己想吹着试一试，还是同样的声音。他十分生气地扔掉小哨子，摇着脑袋说："唉！世界上什么丑事都是瞒不住人的！"

狐狸小姐

> 狐狸骗人的把戏可真多,小朋友们可千万要提防像狐狸一样的坏人啊。

狐狸偷了一只母鸡在路上跑。跑啊跑啊,正赶上一个漆黑漆黑的夜晚。看见一间茅屋就走了过去,见了主人便低低地打了一躬,说:

"您好,好心的主人!"

"你好,狐狸小姐!"

"让我进去过一夜吧!"

"哎,狐狸小姐,我们这里挤得很,容不下你呀。"

"没关系!我在长凳子底下弯起身子,卷起尾巴就行了。"

主人说:

"好吧,你就过一夜吧!"

"那我的母鸡往哪儿放啊?"

"放在炉台上吧。"

狐狸把母鸡放在了炉台上。夜里悄悄起来把母鸡偷吃了,把羽毛藏在角落里。第二天,狐狸一大早就起了床,把嘴巴洗得干干净净,同主人打过招呼,装模作样地问:

"哎呀,我的母鸡哪儿去啦?"

"在炉台上。"

"我去看过了,没有啊。"

狐狸坐下哭了起来:

"我的全部财产就只有这么一只母鸡呀,可它也被人偷去了!

漆黑(qīhēi):很暗,形容夜晚伸手不见五指。

装模作样:故意做作,装出某种样子给人看。

72　外国现当代童话

> 顶替(dǐngtì)：用一个替代另一个。

主人，给我一只鸭子顶替我的母鸡吧！"

"没办法，得赔偿啊。"

狐狸把鸭子装进口袋，跑走了。

它跑啊跑啊，半路上又遇到了夜晚。它看见一间茅屋，就走了过去，说：

"您好，好心的主人！"

"你好，狐狸小姐！"

"让我进去过一夜吧！"

"我们的茅屋这么小，容不下你呀。"

"没关系！我在长凳底下弯起身子，卷起尾巴就行了。"

"好吧，你就过一夜吧！"

"那我的鸭子往哪儿放啊？"

"放进鹅棚里吧。"

> 这应叫"故技重演"！

狐狸把鸭子放进了鹅棚里。夜里悄悄起来把鸭子偷吃了，把鸭毛藏在角落里。第二天，狐狸一大早就起了床，把嘴巴洗得干干净净，同主人打过招呼，装模作样地问：

"我的鸭子哪里去啦？"

主人同狐狸一起去鹅棚看过，鸭子不在了。主人说：

"是不是同鹅群一起放出去了？"

狐狸哭了起来：

"我的全部财产就只有这么一只鸭子啊，可它也丢了！主人，给我一只鹅顶替我的鸭子吧！"

> 赔偿：因自己的行动使他人或集体受到损失而给予补偿。

"没办法，得赔偿啊。"

狐狸把鹅装进了口袋，跑走了。

它跑啊跑啊……眼看天色又晚了。看见一间茅屋，就走了过去，说：

"您好，好心的主人！让我进去过一夜吧！"

"狐狸小姐，不行啊，我们这里挤得很，容不下你呀。"

"没关系！我在长凳底下弯起身子，卷起尾巴就行了。"

"好吧！你就过一夜吧！"

"那我的鹅放在哪儿啊？"

"放进羊圈去吧。"

狐狸把鹅放进羊圈里。夜里悄悄起来把鹅偷吃了，把羽毛藏在角落里。第二天一大早起了床，它把嘴巴洗得干干净净，同主人打过招呼，装模作样地问：

"我的鹅哪儿去啦？"

主人同狐狸一起去羊圈看过，鹅不在了。狐狸对主人说：

"不管我到哪儿，在哪儿过夜，还没遇见过这种事啊。以前我的东西总是好好的，完整无损啊。"

主人说：

"是不是羊群把它踩死啦？"

"不管怎么说，您得给我一只羊羔顶替我的鹅！"

没法子，主人只得赔了狐狸一只羊羔。狐狸把羊羔装进口袋，跑走了。它跑呀跑呀，天又黑了下来。看见一间茅屋，走过去请求留宿：

"好心的主人，让我进去过一夜吧！"

"不行呀，狐狸小姐，我们这里挤得很，容不下你呀！"

"没关系，我在长凳底下弯起身子，卷起尾巴就行了。"

"好吧，你就过一夜吧！"

"那我的羊羔放在哪儿呀？"

"放在院子里吧。"

狐狸把羊羔放在院子里。夜里悄悄起来把羊羔偷吃了。第二天一大早起了床，把嘴巴洗得干干净净，同主人打过招呼，装模作样地问：

"我的羊羔哪儿去啦？"

它坐下来号啕大哭起来：

"不管我到哪儿，在哪儿过夜，还没遇见过这种事啊，呜呜！"

完整无损（wán zhěng wú sǔn）：十分完整，没有损坏。

号啕（háotáo）：形容放声大哭。

主人说：

"是不是新娘子往外赶牛的时候一起赶出去了？"

狐狸说：

"不管怎么说，您得用新娘子顶替我的羊羔！"

这下子闹得个主人家鸡犬不宁，于是，主人的儿子把一条狗装进狐狸的口袋里，说：

"喏，给你！"

狐狸背起装着狗的口袋走了。一边走，一边扬扬自得地嘟哝着：

"鸡换了一只鸭子，鸭子换了一只鹅，鹅换了一只羊羔，羊羔又换了个年轻的媳妇，哼哼！"

狐狸把口袋摇了一下，狗就发出了"汪汪"的叫声。

狐狸说：

"这媳妇兴许是因为害怕叫起来了吧！好，让我看看你是个啥模样！"

狐狸说着就解开了口袋，狗立即汪汪地叫了起来。狐狸害怕了，不住脚地拼命往树林子里跑，狗在后面紧紧追赶！可狐狸总算是拼死拼活地跑进了洞。狐狸躲在洞里，可狗钻不进去，就蹲在洞顶上。只听狐狸自言自语地问：

"耳朵呀，耳朵！你们为什么想要逃脱这条该死的狗啊？"

"狐狸小姐，我们是想啊，狗千万可别追上你，可不要把你那金黄色的皮剥下来。"

"谢谢你们，耳朵。我要送给你们一对金耳环。"

狐狸又问：

"腿呀，腿！你们为什么想要逃脱这条该死的狗啊？"

"狐狸小姐，我们是想呀，怎么才能跑得快些，别让狗追上你，可不要剥下你那金黄色的皮。"

"谢谢你们，我的亲爱的腿！我要给你们买一双钉着银掌的金靴子。"

鸡犬不宁(jīquǎn bùníng)：形容骚扰十分厉害，连鸡、狗都不得安宁。

狐狸还真以为主人家会赔偿年轻的媳妇！

自言自语(zì yánzìyǔ)：自己跟自己说话。

狐狸又问：

"尾巴呀，尾巴，你为什么想要逃脱这条该死的狗呀？"

"我是想要抽打你的腿，好让狗追上你，把你那金黄色的皮剥下来！"

狐狸生气了，就把尾巴伸了出来，说：

"既然这样，喏，狗，我把尾巴给你！尽情地吃吧！"

狗抓住狐狸的尾巴，一下子咬了下来。

后来狐狸到了兔子那里。兔子看见狐狸没了尾巴，就取笑狐狸。可狐狸说：

"别看我没了尾巴，我可还能教会你们跳很好的圆圈舞。"

"怎么跳啊？"

"这不难，只要把你们的尾巴拴在一起，立刻就能跳起来。"

"好吧，你就快拴吧！"

狐狸把兔子的尾巴拴在一起，自己跑上一个小山冈喊了起来：

"不好了！狼来了！"

这群兔子吓得往四下窜，就把尾巴全拉掉了。它们面面相觑——大家全都没了尾巴。

于是，兔子们就开始商量怎样报复狐狸。狐狸知道大事不好，从树林子里逃走了。兔子眼巴巴地看着狐狸跑掉了，从此以后它们就没了尾巴。

> 狡猾的家伙也会有愚蠢的时候。

> 狡猾的狐狸又有什么馊主意了？

> 窜（cuàn）：乱跑、逃走。

> 面面相觑（miàn miàn xiāng qù）：你看我，我看你，形容大家因恐惧或无可奈何而互相望着，都不说话。

会滚动的小豌豆

正义、勇敢的滚豌豆的历险过程十分的精彩，不看会后悔的。

从前有一个人，他有六个儿子和一个女儿。哥哥们要去耕地，叮嘱妹妹给他们送午饭。

妹妹问：

"你们要去哪儿耕啊？我可不知道地方。"

六兄弟说：

"从茅屋到我们耕地的地方之间，我们用犁开一条沟，你就顺着犁沟去找吧。"

> 犁(lí)：翻土用的农具。

他们下地去了……

有一条蛇住在田地附近的树林子里。它把六兄弟开出的犁沟填平，另开了一条通往蛇洞的新沟。姑娘带上给哥哥们送的午饭，沿着蛇开出的沟往前走，一直走到了蛇洞前。于是，蛇捉住了她。

> 看到这里，有人可能会埋怨六兄弟为什么不教给妹妹更好的办法。

六兄弟晚上回到家，对母亲说：

"我们耕了一整天的地，您怎么连午饭也不给送啊！"

"谁说没送啊？阿廖卡去送的呀！我还以为她会同你们一起回来呢。会不会迷了路啊？"

六兄弟说：

"得去找找她。"

> 原来蛇的想法也不周全。

六兄弟沿着犁沟往前走，也走到了妹妹去的那个蛇洞。一看，妹妹果然在那里。

"亲爱的哥哥，等蛇一回来，我可把你们往哪儿藏啊？它会把你们吃掉的！"

蛇果然回来了。

"嗞嗞嗞，有新的人肉味儿！喂，小伙子们，咱们是战还是和？"蛇嗞嗞地叫着。

"不，我们要同你决一死战！"六兄弟喊道。

"那我们到铁砂堆上去！"

他们在铁砂堆上厮打起来。不一会儿，蛇就把六兄弟击倒了，他们已奄奄一息，蛇把他们关进了一个很深的黑牢里。

厮打(sīdǎ)：相互扭打。

奄奄一息(yǎnyǎnyīxī)：形容气息微弱，生命垂危。

父母焦急地等着儿子们回来，可是等了又等，还是不见回来。

有一次，母亲去小河边洗衣服，忽然看见从路上滚来一颗小豌豆。她就捡起来吃了。

后来，她生了一个儿子，起名就叫滚豌豆。他长啊，长啊，终于长大了。虽然年龄不大，却长得膀大腰圆。

有一次，父亲同儿子一起去打井，挖出了一块巨石。父亲去叫人帮忙把巨石抬上来。就在父亲离开的工夫，滚豌豆自己把石头搬了上来。众人来了一看，都惊呆了。

父子继续挖井，又挖出了一个巨大的铁块。滚豌豆把铁块搬出藏了起来。

有一次，滚豌豆问父母：

"我还有别的兄弟姐妹吗？"

"哎，孩子！你是有过一个姐姐和六个哥哥的，可是……"父母一五一十地把一切都告诉了滚豌豆。

"那好，我去把他们找回来。"他说。

父母劝阻说：

"千万去不得，孩子，你六个哥哥去了，可一个都没有回来，你一个人去更是回不来的呀！"

"不，我一定要去！怎能见死不救呢！"

滚豌豆不仅强壮，而且勇敢。

他抓起挖井时挖到的那块铁找铁匠去了。

"请给我打一把剑，要大一些的！"

铁匠把剑打成了，剑很长，好不容易才把它从打铁铺里搬出来。滚豌豆抓起剑一抡，扔到了空中！他对父亲说：

"我睡觉去了，等十二天以后这把剑飞回来的时候，你把我叫醒。"

他躺下睡了。第十三天，宝剑呼啸着飞了回来。父亲叫醒了儿子。滚豌豆站起来，伸出了拳头，宝剑撞到了拳头上，折成了两段。他说：

"不行，不能带这把宝剑去找哥哥和姐姐，要打一把更大的。"

他带着宝剑又找到了铁匠。

"喂，请重新打一把适合我用的剑吧！"

铁匠打成了一把比原来更大的宝剑。滚豌豆又把这把宝剑抛上了天空，躺下睡了十二天，第十三天宝剑呼啸着飞了回来，震得大地直颤动。滚豌豆被叫醒，他站起来，伸出了拳头，宝剑撞到了拳头上，只是稍许有些弯曲。

"好，有了这把宝剑就可以去找哥哥姐姐了。妈妈，给我烤好面包干，我立即动身！"

他带上宝剑，把面包干装进口袋，辞别父母就出发了。

他顺着原先那条几乎看不清的犁沟往前走，走进了一片树林子。他又在树林子里走啊走，走了好久，不觉来到了一座大庭院。他走进院子，然后又进了厅堂，这里就是蛇住的地方，蛇不在家，只有阿廖卡。

"你好，美丽的姑娘！"滚豌豆说。

"你好，善良的勇士！你怎么到这儿来啦？蛇回来要把你吃掉的。"

"它吃不掉我的！你是谁呀？"

"我本来在父母身边，可是蛇把我抢到这里来了。我的六个

呼啸（hūxiào）：发出高而长的声音。

辞别（cíbié）：临行前告别。

哥哥来搭救我，也没能救出去。"

"他们在哪里？"

"蛇把他们关进了黑牢，也不知道他们是死是活。"

"或许我可以把你救出去。"滚豌豆说。

"你哪儿行啊！六个哥哥都没有救出我，可你只有一个人啊！"

"没关系！"滚豌豆说。

于是滚豌豆就坐在窗口等着蛇回来。一会儿蛇回来了，它进到了屋里，转动着鼻子嗅着：

"哧哧哧，人肉味儿！"

"有我在这儿，怎么会没有人肉味儿呢。"滚豌豆说。

"啊哈，有种的！你要怎么样，是战还是和？"

"岂有和之理，我要与你决一死战！"滚豌豆说。

"好，那咱们到铁砂堆那儿去。"

"走吧！"

他们去了。蛇说：

"你先下手打吧！"

"不，你先下手打。"滚豌豆说。

蛇抓住滚豌豆，把他推进没踝深的铁砂中。滚豌豆拔出了脚，抡起宝剑击中了蛇，把它推到了没膝深的铁砂中。蛇挣脱出来，对准滚豌豆又是一击，把滚豌豆推到了没膝深的铁砂中。滚豌豆又击了第二剑，把蛇推入了齐腰深的铁砂中，他又击了第三剑，就结果了蛇的性命。

滚豌豆走进又黑又深的地牢，打开牢门，救出了六个哥哥，他们已奄奄一息。滚豌豆带领哥哥和姐姐阿廖卡收拾起蛇的金银财宝，准备回家去。

兄妹八个上路了。可六兄弟不承认滚豌豆是自己的弟弟。走啊走啊，他们走了很久，便坐在一棵大橡树下休息。经过与蛇的一场恶战，滚豌豆疲惫不堪，便呼呼地酣睡起来。六兄弟

搭救（dājiù）：想办法营救。

踝（huái）：小腿与脚之间部位的左右两侧的突起，是由胫骨和腓骨下端的膨大部分形成的。

疲惫不堪（píbèi bùkān）：形容非常累的样子，没有一点儿力气。

心里盘算：

"人们准会嘲笑我们，说我们六兄弟没本事，而夸赞他一个人制伏了恶蛇。"

他们盘算来盘算去，决定趁他酣睡没有知觉的时候，用树皮带子把他捆在橡树上。

> 酣（hān）睡：熟睡。

滚豌豆酣睡着，什么都没有察觉。他睡了一天又一夜，醒来后发现自己被捆在大树上，一用劲儿就把橡树连根拔了出来。他就这样背起大树回家去了。他走近茅屋，听见哥哥们询问母亲：

"妈妈，你后来又生过儿女吗？"

"是啊，我生了个儿子叫滚豌豆啊，他搭救你们去了。"

六兄弟惊叹道：

> 无能又自私的六兄弟！

"啊呀，不可能！我们怎么会有那样的弟弟！"

滚豌豆背着那棵与房檐一般高的大树回到了家，差点儿没把房子撞倒。

"既然你们是这样的人，那你们就留在家里吧。我到外面闯荡去了。"滚豌豆心里想着。

> 闯荡（chuǎng dàng）：离家在外谋生或锻炼。

他背起宝剑走了。

走着走着，忽然看见前面有两座山，两山中间有一个人：只见他用手和脚撑在两山中间，想用力把两座山分开。滚豌豆说：

"你好！"

"你好！"

"好心的人，你在干什么呀？"

"我想把两座山推开，开出一条道路来。"

"你要到哪儿去呀？"

"去寻找幸福。"

"我也是去寻找幸福的。你叫什么名字？"

"推山奴斯维尔尼戈拉。你呢？"

"滚豌豆。咱们一起走吧!"

"好吧。"

他们走了。走啊,走啊……忽然看见树林子中间有一个人:只见他两手一抓,就把一棵棵橡树连根拔了出来。

"你好!"

"你们好!"

"好心的人啊,你这是干什么呀?"

"我想把这些树拔出来,开出一条畅通无阻的大路。"

畅通无阻(chàng tōng wú zǔ):无阻碍地通行、通过。

"你要到哪儿去?"

"去寻找幸福。"

"我们也要去。你叫什么名字?"

"拔树奴维尔季杜勃姆。你们呢?"

"滚豌豆和推山奴。我们一起走吧!"

"好吧。"

三个人一起上了路。走着走着……忽然看见一个长着很长很长胡子的人站在河岸上:只见他胡子一甩,河水就向两边分开,河底就出现了一条道路。

好多有特殊能力的人聚在了一起,他们要是想做点儿什么事一定会成功的,你说对吗?

滚豌豆、推山奴、拔树奴走上前去:

"你好!"

"你们好!"

"好心的人,你这是在干什么呀?"

"我想把水分开过河去。"

"你要到哪儿去?"

"去寻找幸福。"

"我们也要去。你叫什么名字?"

"分水奴克鲁季乌斯。你们呢?"

"滚豌豆、推山奴、拔树奴。咱们一起走吧!"

"好吧。"

他们上路了。走啊走啊,也不知走了多远:遇到山,推山奴推山开路；遇到森林，拔树奴拔树开道；遇到水，分水奴分水清道。

有一天，他们来到了一片森林，里面有一座农舍。走进去一看，农舍里没有人。滚豌豆说：

"我们就在这里过夜吧。"

第二天，滚豌豆说：

"推山奴，你留在家里做午饭，我们三个去打猎。"

他们走了。推山奴烧好饭就躺下休息，突然有人敲门：

"开门！"

"又不是什么大老爷，自己开吧！"推山奴说。

门开了，又有人喊：

"帮我过门槛！"

"又不是什么大老爷，自己过吧！"

一个矮小的老头儿走进门来，他的大胡子长得擦着地板。老头儿抓住推山奴的头发，把他拴在钉子上，又把推山奴烧的饭吃了个精光。

推山奴左转右转地挣扎，好不容易才从钉子上挣脱下来，就赶紧重新烧起午饭。等伙伴们回来，他还正在烧饭呢。

"你为何把午饭烧晚了？"

"我打了一会儿盹"。

伙伴们吃完饭就上床睡觉了。第二天起来，滚豌豆说：

"喂，拔树奴，这回你留在家里，我们几个去打猎。"

他们走了。拔树奴烧好了饭，就躺下来休息。忽然听见有人敲门：

"开门！"

"又不是什么大老爷，自己开吧！"

"帮我过门槛！"

"又不是什么大老爷，自己过吧！"

一个矮小的老头儿走进门来，他的大胡子长得擦着地板。老

农舍(nóngshè)：农民居住的房屋。

门槛(ménkǎn)：门框下面挨着地面的横木。

挣扎(zhēngzhá)：用力支撑，设法摆脱。

看来又遇见高人了，这个老头儿比他们每一个人都厉害。

头儿抓住拔树奴的头发,把他拴在钉子上,又把拔树奴烧好的饭吃光了。

拔树奴左转右转地挣扎,好不容易从钉子上挣脱下来,又赶紧去烧午饭。

伙伴们回来了,问:

"你为何把饭烧晚了?"

"我打了一会儿盹。"拔树奴说。

推山奴没有说话:他心里明白是怎么回事。

第三天分水奴留下来做午饭,他也遇到了同样的情况。于是滚豌豆说:

"喂,看起来你们几个都懒得做饭!好吧,明天你们去打猎,我留下来做饭。"

第二天,其他三人外出打猎,滚豌豆留在家里。

他做好了饭就躺下来休息。忽然听见有人敲门:

"开门!"

"等一等,我就来。"滚豌豆说。

门开了,是一个矮小的老头儿站在那儿,大胡子长得擦着地板。

"帮我过门槛!"

滚豌豆抓起小老头儿,把他领过了门槛。而小老头儿却一个劲儿地往滚豌豆身上撞。

"你要干什么?"滚豌豆问。

"这就让你知道我要干什么。"小老头儿说着就想去抓滚豌豆的头发,滚豌豆大声呵斥道:

"你是谁?"说着一把抓住了小老头儿的大胡子。

他抓起一把斧子,把小老头儿带到一棵大橡树那里,然后把橡树劈开一条缝,又把小老头儿的大胡子紧紧地夹在树缝里。他说:

"好吧,你要抓我的头发,就等我再来找你吧。"

> 连续出现这样的怪事情,最后滚豌豆会不会有什么改变呢?

> 看来,与其余三个伙伴相比,滚豌豆不光有力气,还多了一些智谋。

当他回到茅屋的时候，伙伴们已经回来了。

"午饭呢？"

"早已烧好了！"

等吃完了午饭，滚豌豆说：

"走，我领你们去看一件奇怪的事情。"

他们来到大橡树那儿，可是小老头儿和大橡树都不见了：他把树连根拔起来拉走了。

滚豌豆把发生的事情告诉了伙伴们，伙伴们也述说了小老头儿如何把他们的头发拴在钉子上的事。

"走，伙伴们，我们去把小老头儿找回来。"滚豌豆说。

小老头儿拉着大树，在路上留下了印痕，他们顺着印痕走去。

> 印痕（yìnhén）：痕迹。

他们来到了一个深不见底的大坑边上。滚豌豆说：

"推山奴，你下去看看！"

"我不敢！"

"喂，拔树奴，你下去！"

拔树奴和分水奴也都不想下去。

"既然如此，"滚豌豆说，"那我就自己下去。你们给我编一条绳子来！"

> 伙伴们都被小老头儿收拾怕了，只有滚豌豆还有信心。

伙伴们编好了绳子。

滚豌豆把绳子的一头绕在手上，说：

"往下放！"

伙伴们开始放绳子。洞很深，过了好一会儿，滚豌豆才到了洞底。

滚豌豆在洞里走着，忽然看见一座大宫殿。他走了进去，只见这里金碧辉煌。他静悄悄地走着。一位美丽无比的公主迎面走了过来。

> 金碧辉煌（jīnbì huīhuáng）：形容建筑物或陈设等华丽精致、光彩夺目。

"啊，善良的人，你有何事来到这里？"公主说。

"我叫滚豌豆，来找一个长着大胡子的小老头儿。"

"哎，小老头儿已经从橡树缝里拔出了大胡子。千万不要到他那儿去，他会打死你的！他已经打死过许多人了。"公主说。

"不会的，"滚豌豆说，"就是我把他的胡子夹在橡树缝里的。你怎么到这儿来啦？"

"我是一个公主，是这个小老头儿把我抢到这里，我才过着这种不自由的生活的。"

"那让我把你救出去吧。你带我找他去！"

公主在前面带路，走了好长一段路，终于找到了小老头儿。他坐在那儿，已经把大胡子从树缝里抽了出来。小老头儿看见滚豌豆，立即大叫起来：

"你来干什么？是战还是和？"

"岂有和之理，我要与你决一死战！"滚豌豆说。

话音刚落二人就大战起来。经过一阵恶战，滚豌豆终于用剑把小老头儿杀死。滚豌豆同公主收拾了所有的金银宝石，装了整整三口袋，重新回到了他下来的那洞口。滚豌豆喊道：

"哎，弟兄们，你们听见了没有？"

"听见了！"

滚豌豆把一只口袋拴在绳子上，让他们往上拉，说：

"这是你的！"

他们拉上去以后，又放下了绳子。滚豌豆又拴上了第二只口袋，说：

"这是你的！"

他又让他们把第三只口袋拉了上去，把得到的东西全都给了他们。然后把公主拴在绳子上。

"这是我的！"他喊着。

三个人把公主也拉了上去。现在该把滚豌豆拉上去了，这时候他们打开了鬼主意：

"干吗我们要把他拉上来呀？如果我们能得到这位公主不是

恶战(èzhàn)：非常激烈地战斗。

更好吗？要是我们把他拉到半截一松手，他就会摔个粉身碎骨。"

然而滚豌豆就像是猜到了他们的坏心思似的，于是他把一块大石头拴在绳子上，喊道：

"把我拉上去！"

他们把石头拉得很高的时候突然一松手，大石头扑通一声落到了洞底！

"哎，没良心的！"滚豌豆说。

他只得顺原路往回走。走着走着，忽然阴云密布，接着就狂风暴雨大作。他躲在一棵大橡树下，忽然听见橡树上有一窝小鹰在吱吱地叫。他爬上树，用长袍遮住了小鹰。雨停了，老鹰飞回来，看到小鹰被盖得好好的，就问：

"是谁把你们盖起来的？"

小鹰回答：

"如果你答应不把他吃掉，我们就告诉你。"

"不，孩子们，不会的。"

"你看，那边树底下站着一个人，就是他给我们盖的。"

老鹰飞到滚豌豆跟前，说：

"小伙子，你需要什么只管说，我什么都可以给你。我的孩子还是第一次雨后余生啊，要不是你帮忙啊，遇上这种狂风暴雨，小鹰就是在窝里也要被浇死啊！"

"我只求你把我带回我来的地方。"滚豌豆说。

"你可是给我出了一个难题呀！不过可以想办法送你出去。咱们得带上六桶肉和六桶水，在飞的时候，当我的头向右转时，你往我嘴里放一块肉，当我的头往左转的时候，你往我嘴里放进一些水，不然，我们飞不到家就会摔下去。"

他们带上了六桶肉和六桶水。滚豌豆坐在老鹰的背上就起飞了。飞呀飞呀，老鹰头往右转，滚豌豆就给它往嘴里放一块肉，头往左转就放进一些水。就这样飞了好久好久，终于到达了目的地。

粉身碎骨（fěn shēn suì gǔ）：身躯粉碎，指丧失生命。

阴云密布（yīn yún mì bù）：天阴时，很多乌云。

狂风暴雨（kuáng fēng bào yǔ）：急速猛烈的风雨。

目的地（mù dì dì）：想要到达的地点。

老鹰飞回了巢穴，滚豌豆找伙伴去了。伙伴们已经找到了公主的父亲并在那里住了下来，相互之间争吵不休，因为谁都想娶公主为妻，谁也不肯让步。

　　滚豌豆突然回来了，伙伴们很害怕，心想，他一定会把自己打死。可滚豌豆说：

　　"我并不想向你们讨债，我饶了你们。"

　　后来，滚豌豆自己同公主结了婚，过着愉快的生活。

> 和滚豌豆相比，他的三个伙伴欠缺的就是高尚的品格。

奇迹

> 只要我们肯努力，就一定会有成功的希望。

很久以前，日本的大北山是个十分荒凉又不长庄稼的地方，地上全是大大小小的石头，也没有水源，到处光秃秃的一片，不产一点儿粮食。住在这里的人十分贫穷，只能在石头缝里种点儿粮食，碰到天气大旱，就没任何收获了。

真是一个无比荒凉，没有生机的地方。

这地方有一位汉子，他十分勤劳。这汉子有三个儿子。有一天，汉子上山打柴。当时酷暑难当，汉子走得满头大汗，就坐在一块石头上歇息。

汉子对面有一块光溜溜的大青石，青石上奇迹般地长着一棵谷子。虽然好久没有下雨了，但这谷子却长得十分茁壮，谷穗足足有一尺多长。

汉子扑过去，左看右看，心里可高兴了，又觉得奇怪：天气大旱，石头坚硬，怎么能长出这么好的谷子来？这青石底下说不定有秘密，可能隐藏着一个极其宝贵、又充满灵气的东西！

这或许就叫"事出反常必有妖"！

汉子已经四十多岁了，还从来没见过这么好的谷子呢！他想，这山上要是全生长着这样的谷子，那该多好啊，祖祖辈辈都不用饿肚子了。

汉子回家以后，晚上翻来覆去琢磨着，想知道青石底下的秘密。

琢磨（zuómo）：思索，考虑。

第二天早上，他带着榔头和凿子到山上，想凿开青石看看。谁知道那青石比钢铁还硬，凿子打在上面，只冒出些火星，连个

白印子都不留。汉子连凿了几天，凿子磨秃了，那块青石还没有被凿掉。

汉子不灰心，到处寻找好钢好铁，架起炉子来烧炼、敲打。许多年过去了，最后数了数，他足足打了三大捆铁锤和凿子。

他觉得自己已经老得快要不行了，就把三个儿子叫到了跟前，对他们说："我活不了多久了，说不准哪天就归西了。我毕生有个愿望，就是探寻大青石下的秘密。我用了一生的时间在这上面。虽然我这一生没有达到目的，但我坚信，终有一天会成功的。我没有值钱的东西留给你们，只有这几捆铁锤和凿子。你们就用这些铁器，一定可以成功，就看你们有没有这个毅力和运气了。"

三个儿子说："爹呀，我们有这个运气吗？"

老汉说："只要你们肯努力，就一定会成功的。"

"怎么努力呢？"三个儿子问。

老汉想了一下，说："你们抬着这三捆铁锤和凿子，绕着大北山走，先左转三圈，再右转三圈，直到绑凿子的铁链磨断为止。"

"这样做我们就有运气了吗？"三个儿子继续问。

老汉摇了摇头，说："不，这也不过是尝试。在山脚下有一块光滑的大青石，我已经反复琢磨过好多年了，只要把这几捆锤子、凿子磨完，把大青石凿完，那时一定会过上好日子的，就连咱大北山所有的人，都会有好日子过。"

三个儿子说："爹，你放心吧，我们会继承你的事业，努力去做！"

这话说完没多久，老汉就死了。

三个儿子掩埋了父亲，就抬起三捆铁器，充满干劲儿地朝大北山走去。

那些铁器好沉啊，压得他们的肩膀都疼了。他们绕着大北山，才转了两圈，大儿子走不动了，对两个兄弟说："爹可真糊

汉子持之以恒的精神让人敬佩，这让我们想起了中国《愚公移山》的故事。

尝试(chángshì)：试验。

斗志未酬身先死。可叹！

涂，这样绕着圈走有什么意义嘛！如果你们两个愿意抬就继续抬吧，我要走了。"说完，他真的走了。

二儿子和三儿子继续抬着铁器往前走。他们的肩膀被压肿了，衣服和鞋也磨破了，汗水不断地流下来，滚落在走过的石头上。

他们绕着大北山向左转了三圈，向右刚转了两圈半，捆绑铁器的链子"啪嗒"断了。那些铁锤和凿子正好落在了大青石的旁边。

两个儿子拿起铁锤和凿子，乒乒乓乓地就开始干活儿了。火星四溅，不见石头掉，他们的手都被震裂了，也没凿下一块石头来。二儿子也不耐烦了，对三儿子说："大哥说得对，爹也真是糊涂，让我们做这些没用的事情。我也不想干了。"说完，二儿子扔下铁锤和凿子就走了。

如今，只有三儿子一个人在干了。这三儿子的性格同他爹一样，有恒心，干什么事绝不半途而废。两个哥哥走了，他就一个人干，要努力完成父亲的遗愿。

一年四季，三儿子一刻不停地在劳动。手磨破了，又起了茧，茧子又磨出了茧，他不停地凿啊凿，凿了好多年，他老得都长出了长长的白胡子。

三儿子也有三个儿子。有一天，他把儿子喊到了跟前，说："我也老了，说不定哪一天就要死了。我凿了一辈子青石，是为了完成你们爷爷的遗愿，也是为了让你们幸福地生活。因为你们祖父说过，这青石底下有宝物，宝物会造福于民。我没有时间完成你们祖父的遗愿，就看你们有没有这个福气了。"

三个儿子说："爹呀，我们三个人，难道没有一个有福气的吗？"

"不仅要有福气，还要有毅力。我希望你们能继续努力。"老人说。

"我们一定会的。"三个儿子回答说。

捆绑（kǔnbǎng）：用绳子把东西扎起来。

半途而废（bàntú érfèi）：比喻做事有始无终，不能坚持到底。

毅力是支撑三儿子完成父亲遗愿的动力。

老人语重心长地说:"你们祖父留下了三捆铁器,我用去了两捆了,那块青石也被我凿去一大半了。只要你们能凿完剩下的石头,你们就一定能过上好日子。"

半个月之后,老人死了。三个儿子安葬了老人,就带着一大捆铁锤凿子,去凿青石去了。

他们凿了一会儿,闪出几颗火星,手疼得不行了,工作进行得艰苦而缓慢。还没干到第十天呢,大儿子就想打退堂鼓了,他对两个兄弟说:"爹傻干了一辈子,也没干出个名堂,我可不想傻干下去了,不如出去学门手艺,也好养家糊口。"说完,丢下铁锤就回家去了。

> 历史重演了。

二儿子和三儿子接着干。还没满一个月呢,二儿子也打退堂鼓了,他对弟弟说:"我想了好久,觉得大哥说得对,我腰酸腿疼地打这块石头,还不知道要打什么呢!不如离开这穷地方,到外面闯荡一番,说不定能混出个人样来。"说完,二儿子扔下凿子也走了。

三儿子和他的爹一样,干起事来就坚持到底。他认为,世上无难事,只怕有心人。只要有恒心,有毅力,终有成功的一天。

三儿子做事勤劳,身体也好,一年四季,从未停止过劳作。从一个年轻小伙子,一直干到成了一个四十多岁的壮年汉子。

那块光溜溜的青石头越来越小了,铁锤和凿子也差不多被磨光了。一天,他运足了力气,一锤凿下去,青石头裂开了,"扑啦啦"发出了响声,石头底下飞出了两只五彩的凤凰,耀眼的光芒刺花了三儿子的眼睛。

凤凰在三儿子的头顶上盘旋了两圈,直冲蓝天而去,然后转向东南方继续飞翔。只见凤凰飞过的地方,升起了两道又高又结实的堤坝,堤坝两旁出现了郁郁葱葱的森林,无数只鸟儿,都追随着凤凰飞去,场面十分壮观,奇异的景象,把三儿子惊呆了。

> 郁郁葱葱(yùyù cōngcōng):形容气象旺盛美好。

凤凰飞远了,鸟儿却多起来,那堤坝和森林也延伸向前,一望无际的。

三儿子终于回过神来，又慌忙低头看那飞出五彩凤凰的地方。只见裂开的青石下面是细细的沙土，挖了几铁锹，又碰到了硬硬的石板，石板上有两个圆圆的石眼。他很奇怪，抓住了石眼，使劲儿往上一提，"咕噜咕噜"地涌出了泉水。水流越来越大，翻滚着浪花，向两道堤坝中间涌了过去，成了一道河流。

　　自此以后，这贫困的大北山全变样啦！有了河水，可以种稻子、种谷子啦，那谷穗长得十分饱满。有了大片的森林，空气变得潮湿了，气候也变好了。百鸟飞翔，百花齐放，大北山呈现出一副美丽迷人的景象。

　　祖孙三代人，凭着他们的恒心和坚韧不拔的努力，终于改变了大北山，并为自己和家乡的人民造福。

> 坚韧不拔(jiān rènbùbá)：指意志坚强，有毅力，毫不动摇。

好汉杰克

> 勇敢和机智是好汉杰克战胜巨人的法宝,也是战胜一切困难的好办法。

有个樵夫叫杰克。一天,他在砍伐橡树的时候,不小心被折断了的树枝砸了一下,当即砸断了腿。同伴们送他进了医院,他在医院住了三个月。

俗话说:伤筋动骨一百天。可杰克却连一天也不想多待。伤口还没有完全愈合,他就跑了出来。

一天,当他在路边解开包扎伤口的绷带时,几只苍蝇叮了他。杰克恼怒地把它们全打死了。可这里的苍蝇太多,打死一批又上来一批,杰克不停地噼噼啪啪打着,差不多打死了 500 多只。于是,杰克十分得意地做了一块牌子,挂在脖子上。牌子上写着:

我是好汉杰克,一口气杀死了 500 多条性命。

杰克就挂着这样一个牌子在集市上闲逛,还真没有人敢惹他。后来,他来到一座意大利的城市,找了一家小旅店住下。

第二天早上,当地的总督就派人来找他,要他去一趟总督府。

总督对他说:"市民们都说你是一条好汉。这附近的山上有个巨人经常抢东西,你去把他给我抓来。"

杰克出了城,走向大山。走着走着,遇到了一个放羊的,杰克就问他:"巨人住在哪儿?"

放羊的吓坏了,说:"巨人就住在半山腰的山洞里。可是你

愈合(yùhé):(伤口)长好。

500 多条性命,真是吓人。

找他吗？巨人会一口吞掉你的。"

杰克指指牌子说："我是好汉我怕谁？快点儿给我几块干奶酪。"

牧羊人给了杰克几块干奶酪，杰克便继续往山上走去。到了巨人住的山洞跟前，他故意拼命跺脚，发出声响。巨人走出了山洞，用低沉的嗓音吼道："是谁在这里？"

"我是好汉杰克，我一口气儿杀死过500条性命。你说话可要小心，否则，我就像捏石头一样，把你捏得粉碎。"说着，杰克开始捏奶酪，直到把它们捏搓得成了粉末，从手指头缝掉了出去。

巨人看到杰克力气够大的，就问他愿不愿意两人合作。杰克说：好吧。于是走进了山洞，和巨人搭伙。

头一天晚上两人都好好的，睡觉了。第二天早晨，巨人说洞里柴用完了，要到山上打柴。于是，巨人拿了根绳子，和杰克一起走出了山洞，来到了树林里。

巨人用一只手轻松地拔起了一棵橡树，又用另一只手拔起了另一棵树，然后对杰克说："看你的能耐了。"杰克说："我讨厌这样拔树，太啰唆了。我喜欢用绳子把树林里的树全都拴起来，然后一下子拔光它们。我可是好汉杰克嘛！哎，你的绳子还有更长的吗？"

"算了。"巨人说，"我可不想让你把树林里的树全都拔掉，有这两棵就够了。咱们回去吧。"

巨人带着拔起来的两棵树在前面走着，杰克甩着两只空手跟在后面。

又过了两天，巨人提出要和杰克抽陀螺玩，还要比赛，看谁抽得最远，谁就得十枚金币。

巨人走向磨坊，用粗壮的风车绳索当陀螺鞭子，把石磨当陀螺，竟然把磨石抽得团团转，然后猛一使劲儿，石磨飞出好远。

巨人洋洋得意地把"鞭子"交给了杰克，说："这下该看你的了。"

机会总是留给有准备的人。

奶酪（lào）：用牛、羊等的奶汁做成半凝固食品。

杰克用智慧越过了这一难关，其实所有的困难都是可以克服的，只要你足够勇敢，足够聪明。

陀螺（tuóluó）：儿童玩具，形状像海螺，木制，有铁尖。

杰克根本甩不动那条"鞭子",也根本没力气把石磨移动,可他却抓着"鞭子",大声地吆喝起来:"当心哪!大家当心哪……"

巨人眯着眼睛看看四周,没有看见一个人影,奇怪地问:"你是在叫谁呀?我怎么没看见有别人啊。"

"我是在跟海那边的人打招呼,要他们小心点儿……"杰克装模作样地说。

"好了好了,你别抽了。要是你把石磨抽到海那边去,我们怎么把它拿回来呀!"于是,杰克不战而胜,轻松地赢得了十枚金币。

接下来,杰克主动提出举行另一项比赛。

"你力大无穷。"杰克对巨人说,"我也是条好汉。我们比赛手指上的功夫,我们在坚硬的橡树干上戳洞,看谁戳得深。我们再赌十枚金币,怎么样?"

巨人同意了这项比赛,但他没有料到,杰克早有准备,在一棵树上钻了一个洞,然后用树皮遮住。比赛开始了,巨人用尽了蛮力,把一棵树干只戳通了一半;杰克也假装用力,把大半个手臂都捅进去了,把树干给戳通了。

这场比赛巨人又输了十枚金币。

巨人认为杰克力气太大了,开始感到不安了。后来,他故意制造一些矛盾,和杰克吵架,想把杰克赶走。等到杰克下山了,巨人又推下去了很多大石头,想砸死他。

其实,杰克知道自己力气敌不过巨人,只是虚张声势罢了。因此,对力大无比的巨人始终十分警惕。这时,他早就躲在山洞里了,听到头顶的石头滚落下来的声音,就知道是怎么回事。他故意大声喊:"是什么东西落下来?是碎石灰吗?"

巨人听见了,暗想:"天哪!我推下去的明明是大石头,他却说是碎石灰!跟这样的人千万别结仇怨啊,结仇不如交友。"于是,他又把杰克请了回来,还说自己的脾气太坏、太急躁了。

虚张声势(xū zhāng shēng shì):故意制造出强大的声威和气势。

可是从此以后，巨人始终小心地提防着杰克，还想寻找机会干掉杰克。

一天晚上，巨人看杰克睡熟了，蹑手蹑脚地爬了起来，拿了一把大铁锤，就朝杰克的脑袋砸去。

巧的是，杰克每天晚上都会把一只南瓜放在枕头上，而自己睡在另一头，巨人砸碎的，正是那只南瓜。

杰克醒了，假装什么事情都没发生过，"你砸碎了我的南瓜我不在乎，只当是给我挠了挠头。可是你惊扰了我的好梦，我可不饶你。"

巨人一直解释、道歉，但心里却比以前更害怕了。他想，我要是把杰克骗到树林里，趁他不注意时把他绑在树上，狼会吃掉他的。

第二天上午，巨人对杰克说："昨晚让你受惊了，咱们今天出去散散步吧！"

"好哇！"杰克同意了。他们走出山洞之后，巨人问杰克："你喜欢赛跑吗？"

"行啊！"杰克说，"不过，我要先跑一段路，因为你的腿长啊！"

"有道理，那你先跑十分钟吧！"巨人说。

杰克拔腿就往山下跑。跑着跑着，碰到了一个牧羊人。杰克说："这里是一枚金币，卖给我一只羊好吗？再借你的刀一用。"

杰克买了一只羊，飞快地剖开羊的肚子，把羊肠子、羊肚子、羊肺扔得到处都是。然后对放羊的说："一会儿有个巨人追过来，他要是问起我，你就说有个人把内脏都挖出来丢掉了，这样跑起来就飞快了。"说完，杰克就爬到一棵大树上躲起来。

几分钟之后，巨人跑过来，看见一个牧羊人，就问他："你有没有看到一个人从这儿跑过去？"

放羊的说："看见了，吓死人了，他借了我的刀，把自己的肚子剖开，把内脏都扔了，说是这样跑起来轻快多了。"放羊人

提防(dīfang)：小心防备。

杰克在很短的时间里想出了很好的办法，成功地骗了巨人，我们看看笨蛋巨人的下场吧。

边说话，边把地上的那些羊内脏指给巨人看。

巨人这个笨蛋，没在意地上的东西是不是人的内脏，抓过放羊人的刀就向自己的肚子剖去，顿时感觉浑身瘫软，他流了好多血，走不出两步，就晕倒在地，浑身的血一会儿就流光了。

杰克从树上跑了下来，看到巨人已经死了，便向牧羊人借了两头羊，把巨人拖进了城里，交给了总督。

总督当众焚毁了巨人的尸体，奖给杰克一千枚金币和一套住房。从此，杰克衣食无忧，快快乐乐地过着日子。

瘫软（tānruǎn）：肢体绵软，难以动弹。

灰狗谢尔科

> 虽然狼是很坏的动物，但它毕竟帮助过灰狗。善良的灰狗谢尔科是知恩图报的。

从前有一个人，养了一只大灰狗，名叫谢尔科。谢尔科衰老了，主人就把它赶出了家门。谢尔科流落荒野，很伤心！它一边走一边想："给主人看家守业效劳了多年，如今我老了，主人竟舍不得给我一点儿干粮吃，还把我赶了出来。"这时候，有一只狼走到谢尔科跟前，问道：

"你为何在这里游荡？"

谢尔科说：

"主人把我赶了出来，没法子，只得在这里游荡。"

狼说：

"咱们想个法子，让你的主人再把你请回去好吗？"

听了狼的话，谢尔科很高兴，说：

"太好了，亲爱的，谢谢你啦！"

狼说：

"咱们这么办：当你的男主人到田里收割庄稼，女主人把孩子放在灌木林边时，你就到咱们约定好的地方去等着。等我把小孩刚一抱起，你就从我手里抢夺孩子。我装出十分害怕的样子，把小孩扔下跑掉。"

这一天，男主人来到田里收割庄稼了。女主人把小孩放在灌木林边，她只顾着割庄稼，把别的事全忘记了。这时候突然跑来一只狼，它抱起小孩就往田那边跑。

游荡（yóudàng）：闲游放荡，不务正业。

外国现当代童话 99

谢尔科在狼后面紧追不舍,主人用颤颤巍巍的声音喊道:

"喂,谢尔科!"

谢尔科赶上了狼,夺回了孩子,带回来交给了主人。于是主人从口袋里掏出了面包和黄油,说:

"吃吧,谢尔科!你救了我们的孩子,这是我们对你的报答!"

晚上收工了,谢尔科也一起回到了家。

男主人说:

"孩子他妈,你多多地煮一些面疙瘩汤,还要多放一些油!"

面疙瘩汤煮好了。主人让谢尔科坐在桌子旁边,自己同它坐在一起,说:

"孩子他妈,快把面疙瘩汤端上来,咱们吃晚饭。"

女主人把面疙瘩汤端上了桌,男主人给谢尔科盛了满满的一大碗,又用嘴在上面吹呀吹的,唯恐烫着谢尔科。

谢尔科一边吃一边想:"狼帮了我的忙,无论如何得谢谢它。"

有一次,主人准备让大女儿出嫁。谢尔科赶紧到田野里找到了狼,说:

"狼大哥,请你星期天晚上到我主人的菜园去。我要把你领进主人家,好好地报答报答你。"

星期天终于到了。晚上狼来到了菜园,谢尔科把狼带进屋并把它藏在桌子底下,然后从桌子上拿了一升伏特加酒和一块上等的肉给了狼。客人们见此情景,要把狗狠狠地打一顿,主人连忙说:

"不要打谢尔科!它为我做了一件好事,我要好好地款待款待它。"

于是谢尔科就又从桌上拿了几块最肥的肉给了狼。狼吃得饱饱的,喝得足足的,心里乐开了花,高兴地说:

"我多么想唱一支歌呀!"

颤颤巍巍(chàn chàn wēi wēi):抖动的样子,形容老年人的动作、声音。

虽然主人曾遗弃过谢尔科,可恶!但现在却正在受着蒙蔽,可悲!

形容非常高兴的样子。

谢尔科害怕起来，说：

"千万别唱，一唱你就要倒霉的，我再给你弄点儿伏特加酒来，可千万别出事！"

狼喝完酒，又说：

"现在我可以唱了吧！"

说着就在桌子底下嗥叫起来！客人们一个个从座位上站起来，左找右找，终于在桌子底下发现了一只狼。有的吓得跑开了，有的要把狼揍一顿。谢尔科躺在狼身上。

主人说：

"狼打不得，不然就连谢尔科也打了！随它们去吧！"

狗把狼领到田野里，说：

"你为我做了一件好事，我应当报答你呀！"

说完它们就分手了。

> 一直被蒙蔽、欺骗的主人，可悲！

孩子和鳄鱼

> 我们不仅应该帮助好人，还应该用智慧去打击坏人。

鳄鱼迪亚希怪一整天都躺在河岸边，在温暖的阳光下睡觉。它听到一些女人走到河里洗葫芦瓢和亚麻衣裳。这些女人整天不爱劳动，就爱说话，总是唠唠叨叨说个没完没了。她们说，国王的女儿掉进河里淹死了，真可惜。第二天早上，国王很可能会下令抽干河水，从河底捞出他爱女的尸体。迪亚希怪的洞就在靠近村庄的河岸边，它慌忙逃进了村旁的一片灌木林。

第二天，河水被抽干了，所有居住在河里的鳄鱼都死了，在一个最古老的鳄鱼洞里，他们找到了国王女儿的尸体。

中午，高尼去拾柴，在灌木丛里发现了鳄鱼迪亚希怪。

"你在这儿干什么，迪亚希怪？"高尼问。

"我走失了。"鳄鱼说，"你能带我回家吧，高尼？"

"这儿又没有河。"高尼说。

"那么带我到河里去吧。"鳄鱼说。

高尼找来一张席子和一些藤条。他把鳄鱼拉到席子上，然后卷起席子，再用藤条捆紧。接着他把席子顶到头上往前走，太阳都下山了，他才到达河边。到了水边，他从头顶放下了席子，砍断藤条，解开席子，打算把鳄鱼放进水里。

迪亚希怪说："高尼，咱们走了这么远，我的腿都僵硬了，快把我放到水里吧！"

灌木（guànmù）：矮小而丛生的木本植物。

僵硬：（肢体）不能活动。

高尼抱着鳄鱼往河里走，水已没到他的膝盖了，他刚想把鳄鱼放到水里，鳄鱼又说：

"再往前走，这里的水太浅了，等水没到你的腰时，我才能游动。"

高尼又往前走，水已经到了他的腰，他正想放下鳄鱼，鳄鱼又说：

"接着往前走，等水到你胸口的时候，我才能游动。"

高尼往前又走了几步，水已经到他胸口了，鳄鱼又说：

"最好让水没到你肩肘时再放下我。"

肩肘（jiānzhǒu）：肩膀。

高尼又往前走，水已经没到他的肩头了，这时鳄鱼才说：

"现在你放下我吧。"

高尼把鳄鱼放到水里，转身想走的时候，鳄鱼一把抓住了他的臂膀。

"妈呀！"高尼叫道，"你要做什么？让我回去！"

"我不能让你回去，高尼，因为我太饿了。"

"那么迪亚希怪，请你告诉我，如果一个人对你有恩，你应该怎么报答他呢？"

"应该恩将仇报。"

"你错了，你到全世界去问一问，有没有一个人赞同你这种说法。"

"怎么会没有呢？"

"那我们去问一问，看他们怎么说。"

"好！"鳄鱼说，"如果有三人同意我的说法，我就要吃掉你。"

它刚说完话，一头很老很老的奶牛到河边来喝水。鳄鱼忙问道："奈格，你年纪这么大了，一定知道许多事情。请你告诉我们，如果别人对你有恩，应该用恩德去报答呢，还是用仇恨去报答？"

"应该以仇相报。"老奶牛说，"拿我来说吧，年轻的时候，身强力壮,每次从草地上回来,都能吃到麦皮、粟米和一大把食盐,我就给主人下很多牛奶。如今老了,牛奶不多了,就没有一个人来关心我,我只得自己去找东西吃。所以我觉得,恩不必用恩报,而应该用仇恨。"

老奶牛说完,摇晃着瘦骨嶙峋的身体走了。

"高尼,听到了吗?"鳄鱼问。

"我听到了。"高尼说。

接着,他们看见一匹老马在河边喝水,鳄鱼马上问:

"珐丝,你很聪明,请告诉我们,恩应该用恩报呢,还是应以仇报?"

"应以仇报。"老马说,"像我,年轻的时候身强力壮,有三个马夫为我服务,每天我都能吃到甜滋滋的粟米。那时候,我驮着主人上战场,其中有一次我们抓了五百多俘虏。现在我老了,没人管我了,还常常用棍子打我,把我赶到荒野里去吃草。"

老马说完,喝了几口水慢慢悠悠地走了。

"高尼,你听到了吗?"鳄鱼说,"现在我饿得很,我要吃你了。"

"不行,"高尼说,"你自己说过,要问三个人。如果第三个人也同意你的看法,你才能吃我。"

"好吧。"鳄鱼同意了。

这时,跑来了一只兔子。鳄鱼忙叫道:

"勒克大叔,你也是一只老兔子了,请你来评评我俩哪个有道理。我说恩要以仇报,而这个男孩说恩要以恩报。你说我俩谁正确?"

兔子抖抖耳朵问:

"迪亚希怪,你会去问一个瞎子,让他告诉你棉花是不是白的,乌鸦是不是黑的吗?"

"当然不会。"鳄鱼说。

"你能告诉我这孩子的家住在哪儿吗?"

粟米(sùmǐ):玉米。

瘦骨嶙峋(shòu gǔ lín xún):很瘦,消瘦露骨。

珐:音(fà)。

慢慢悠(yōu)悠:形容悠闲或无力的样子。

抖(dǒu):振动、颤动。

"不能。"

"那么你给我说一说你们的事情吧。我了解了全部情况后，才能回答你们的问题。"

"好。事情是这样的。这孩子在灌木丛里发现了我，把我卷进席子，用头顶到了这儿。现在我饿了，就想吃他。"

"这么小的孩子能把你顶到这儿？我不相信。"兔子说。

"是我把它顶来的。"高尼说。

"他没有撒谎。"鳄鱼说。

"我不信，除非我看一眼才能说。"兔子说，"你俩都从水里上来吧！"

高尼和鳄鱼都上了岸。

兔子要干什么？

"你怎能把这么大一条鳄鱼用头顶起来呢，高尼？"

"我把它卷进席子，然后捆上藤条。"

"那你卷给我看看。"

鳄鱼躺在席子上，高尼把它卷进去。

"你还是把它捆着过来的？"

"是的。"

"那就捆给我看。"

高尼捆上藤条把鳄鱼捆在了席筒里。

"好，再顶到头上让我看看。"

孩子扛起席筒，顶到了头上。

"高尼，你的家是打铁的吗？"

"不，不是。"

大家分享鳄鱼肉，是件多好的事啊。

"你赶紧把鳄鱼顶回家！请你们全家吃一顿鳄鱼肉。你的爸爸、妈妈，你们家的亲戚朋友都会感谢你的。这是对付这条恩将仇报的鳄鱼的最好办法。"

山羊、绵羊和狼

> 二人同心，其利断金。虽然狼很强大，山羊和绵羊却联手战胜了它。

从前有一个老头儿和一个老太婆。他们养了一只山羊和一只绵羊。两只羊很要好，山羊到哪儿，绵羊也到哪儿；山羊去菜园拔白菜，绵羊也去；山羊去果园摘果子吃，绵羊在后面跟着。

"哎，我说老婆子，"老头儿说，"咱们把山羊和绵羊赶走吧，要不啊，咱这果园子和菜园子就保不住啦！快，快让它们离开这儿！"

山羊和绵羊缝好了一条布口袋，就走了。

走啊走啊，忽然看见田地里边扔着一颗狼头。<u>绵羊力气大胆子小；山羊呢，胆子大力气小。</u>

> 为下文二者的动作、行为作铺垫。

"绵羊，去把那颗狼头取来，好吗？你力气大呀！"

"哦，不，我不敢，你去取吧，山羊，你胆子大呀。"

于是两只羊只得结伴去把狼头取了回来，放在布口袋里。它们又走啊走啊，忽然看见前面有一堆篝火。

"走，我们到那里过一夜，免得被老狼吃了。"

两只羊走到了篝火旁，一看是三只狼在那里煮稀饭哪。

"你们好哇，狼先生！"

"你们好，你们好……等煮好了稀饭，再吃你们的肉。"

<u>胆大的山羊也害怕了，绵羊更是早就吓了个半死。</u>山羊说：

> 很好照应了前面对两人性格的描述。

"绵羊老弟，你快把那颗狼头掏出来！"

绵羊把狼头掏了出来。

"不是这颗，要那颗大的！"山羊说。

绵羊掏出来的还是那颗狼头。

"不！要那颗顶大顶大的！"

听了山羊和绵羊的对话，狼害怕起来，开始打主意怎样才能赶快逃离这里。一听羊掏出一颗又一颗的狼头，狼怎么能不害怕呢！

一只狼想赶快走开，就说：

"弟兄们，我们是多好的一伙啊！稀饭也快要煮好了，可是没有水往里添了，让我去取点儿水来吧！"

这只狼走出不远，心想："什么一伙不一伙的，散伙吧！"说完就溜得远远的了。

这时候另一只狼也在打主意赶快逃走，于是骂道：

"这该死的东西，怎么一去就不回来了，稀饭没有水添了呀，让我拿根棍子赶紧把它追回来。"

第二只狼也一去不复返。第三只狼坐啊，等啊，终于也说话了：

"这回该我去了！我把它们俩都追回来。"

第三只狼逃脱了，它很高兴，总算活着逃了出来。

于是山羊对绵羊说：

"哎，老弟，快来呀！别耽搁，赶快吃稀饭吧，吃完了，趁着没事，赶快溜啊。"

这时候，第一只狼沉思了一会儿，说：

"弟兄们，我们这是怎么啦，山羊和绵羊不是害怕了吗？我们快回去把那两只该死的羊吃掉！"

等狼回来的时候，羊早把稀饭吃了个精光，它们把篝火熄灭了，爬到了一棵高大的橡树上。

三只狼坐在橡树下，绞尽脑汁想主意，怎样才能把羊追上。可是抬头一看，两只羊躲在橡树上。山羊胆子大，爬在最高处，

溜(liū)：偷偷地走开。

绞尽脑汁(jiǎo jìn nǎo zhī)：费尽心思,苦思冥想。

绵羊胆子小，蹲在低一点儿的树枝上。

"哎，你年纪最大，想个法子，我们怎么才能把该死的羊抓下来。"两只狼对一只满身长着乱蓬蓬的毛的狼说。

于是长毛狼躺在树下开始想主意。绵羊蹲在树枝上吓得直打颤，颤着颤着，一下子摔了下来，正好落在长毛狼身上。山羊灵机一动，大声喊道：

颤(chàn)：发抖。

"哎，把那只长毛狼给我捉来！"说着自己也从树上栽了下来，恰好落在另外两只狼身上。

狼吓得赶紧爬起来，一溜烟地逃跑了。

山羊和绵羊回到了原来的住处，盖起了窝棚，日子过得一天比一天好。

蛇王

为人太过傲慢是会失去很多朋友，不被别人喜欢的。

在河边有一座村子，村里住着两姐妹。当她们到了该出嫁的年龄，父亲便张罗着给她们找对象。但是，谁也没主动找上门来。于是父亲决定去别的村给她们找，好叫大家知道他有两个没有出嫁的女儿。

这天，他坐着一条船，过大河，沿小路，来到一个寨子。这里看来很富裕，人们对他挺客气。

"欢迎啊！"他们高声招呼道，"有什么事吗？"

"没什么大事。"他应道，"你们呢？"

"我们的大王想娶亲了。"人们回答，"此外，没别的事了。"

父亲一听，这和自己的来意一样，就说，他第二天就给大王送妻子来。

他过了河返回家，心里美极了，脸上笑吟吟的，见两个女儿从地里回来，叫住她们，说："我终于找到一个配做你们丈夫的人了。河对面有个村的大王想娶亲，送你们哪一个去好呢？"

大女儿抢先说："当然是我，我是老大嘛。"

"很好。"父亲说，"我要把亲戚朋友都请来，敲锣打鼓送你过门。"

"不用那样吧？"姑娘摆起架子说，"我要一个人去我丈夫家。"

在他们这一带，从未听说新娘子过门没有亲朋好友来唱唱跳

客气：(kèqi) 对人谦让、有礼貌。

跳热闹一番的。所以父亲听女儿这么说，不由得吃了一惊，虽然他知道这孩子从小就性情孤傲倔犟。

"可是，孩子啊！"他说，"姑娘出嫁哪能一个人去，这可是不合规矩啊。"

最后，父亲心想，这孩子倔犟，不会改变主意的，便同意让她一个人去。第二天一早，他把孩子摆渡过河，指明去的路，就怏怏地转回来了。

姑娘头也不回地上了路。没多久，她在半道上碰到一只老鼠。老鼠用两只后腿立起来，好像欢迎她似的，客客气气地问：

"愿意我给您带路，去大王的寨子吗？"

姑娘没有停下来，几乎一脚踩到老鼠身上，她说："滚远点儿！用不着你多管闲事。"

她继续走过去，老鼠在后面吱吱叫道："该你倒霉！"

走不远，姑娘碰到一只青蛙，青蛙正坐在路边的一块石头上。

"我给你带路，好吗？"青蛙呱呱呱地说。

"别对我说话！"姑娘回答。脚尖一踢，将青蛙从石块上踢下来。"我要成为大王的妻子了，身价高贵，你这只小青蛙别捣乱。"

"该你倒霉！"青蛙呱呱说着，翻过身爬起来，跳进林子里去了。

过了一会儿，姑娘走累了，便坐在一棵树下休息。她听见远处好像有羊叫的声音，接着走来一群羊，赶羊的是个小男孩。

"姐姐，您好！"孩子有礼貌地说，"您是赶远路的吧？"

"这与你关系大吗？"姑娘毫不客气地说。

"我想，您也许带着干粮。"孩子说，"希望能给我点儿吃的，我很饿。"

"我没有干粮。"姑娘说，"就是有，也不会让你吃。"

孩子失望了，赶着羊群上路了，一面回头说了一句："该你

倔犟（juéjiàng）：性情刚强不屈。也作倔强。

怏怏（yàngyàng）：形容不满意不高兴的神情。

孩子和姑娘的态度形成强烈对比。

这么粗俗无礼的姑娘，可能拥有好的婚姻吗？

倒霉！"

姑娘休息好了，站起来继续走。突然，她看见一个老妇人。

"你好啊，我的孩子。"她对姑娘说，"我给你几句忠告吧：你在路上碰到几棵树，它们如果笑话你，你可别去笑它们；你会发现一袋酸牛奶，即使渴了，也别喝；你会遇上一个头夹在腋下的男人，他要是递给你水，你可一定不要喝。"

"别说了，死老婆子，烦死了。"姑娘大声吆喝着，把老妇人推开，"我要想听你的忠告，我就会自己问。"

"不听老人言，要倒霉的。"老妇人警告她。

姑娘根本不理会她，扬长而去。

不久，她真的碰到几棵树，当她走近时，它们高声大笑起来。

"笑什么，讨厌！"姑娘命令道。她走了过去，这些树不笑了，而姑娘反而笑个不停。

又往前走了一段。她发现脚下搁着一只山羊皮制成的口袋，捡起一看，里面装满了酸牛奶。她最喜欢酸奶了，便高兴地吃了个光，心满意足地说："走远路走渴了，能捡到酸牛奶吃，真走运！"

她把口袋往树林里一扔，继续走下去。当她穿过一片阴森森的树林时，吓得半死，因为她看见一个男人，腋下夹着他自己的脑袋，向她走来。那脑袋上的两只眼睛直盯着她，嘴巴则张开来说："你想喝点儿水吗，我的孩子？"那只没夹着脑袋的手递给姑娘一葫芦水。

姑娘并不太渴，但还是想喝点儿水。她先呷了一口，发现很好喝，于是一口气全喝光了。然后，她也不谢谢这怪物一声，就走了。

前面有个弯，她远远就看到自己要找的那个寨子，知道快到了。

蹚过小溪，她看见有位少女正拿着罐子弯腰打水。她刚想走

忠告(zhōnggào)：诚恳地劝告。

呷(xiā)：(方言)喝。

过去，那少女向她打了个招呼，问道："请问，你去哪儿？"

她轻蔑地看了少女一眼，回答道："我去寨子与大王成婚。你不配找我搭话，因为我比你大，而且比你高贵。"

原来这少女正是大王的妹妹，可她很谦虚，不想争辩，只是说："我忠告你几句：不要从这边进寨，这边进去不吉利。绕过那些大树，从那头进。"

姑娘没听她的话，直接从入口进了寨子，头都昂到天上去了。她一到，一帮妇人就围住她转来转去，打听她是谁，来干什么。

"我要嫁给你们的大王！"她解释说，"都闪开，让我歇一歇！"

"你就一个人来了，是什么新娘？"大家问，"你的嫁妆呢？连吹鼓手也没有吗？"

姑娘没回答，坐到屋檐下，休息了一会儿。

这时几个年长的妇人向她走来。

"你如果想当大王的妻子。"她们说，"先得给他做顿晚饭，看你是不是贤惠。"

姑娘知道这个推脱不了，便问："上哪儿弄粮食给我丈夫做饭呢？"

人们给了她粮食，指给她碾子，叫她去磨。姑娘真是不一般，一会儿就磨完了，但是，面又粗，砂又多。当她把饼子做出来后，其他妇人看了，都在一旁笑话她。

太阳快要下山了，一阵狂风平地而起，直吹得屋顶打颤颤。姑娘吓得紧贴泥墙蹲下来。更可怕的是，一条有五个脑袋的大蛇，突然盘在屋门口，大叫："把做好的饭快快端来！"

"你不知道我就是大王吗？"蛇王一面吃饼，一面问。饼实在太难吃了，它吐出来一扔说："晚饭做得太糟糕了，你不能做我的妻子，因此就得杀掉你！"蛇王的尾巴用力一扫，就把姑娘杀死了。

外国现当代童话　　111

真是粗俗无礼到极点，对任何人都是这样！

吉利(jílì)：吉祥、顺利。

贤惠(xiánhuì)：指女子有德行、善良、通情达理。

过于狂妄的下场很可悲！

大女儿的死讯传到了父亲耳中，但这时小女儿还没有出嫁。小女儿名叫姆庞赞雅娜，她央求父亲说："让我去找大王吧，我相信我会使他满意的。"

父亲勉强把亲朋好友叫来，请他们为小女儿送亲，大家高高兴兴换上节日盛装。父亲又叫来鼓手与乐师，要他们带队。

第二天一早，大家上路了，喜洋洋地唱着歌，过了大河，沿着以前大女儿走的那条道走下去。

不久，他们碰到一只老鼠。姆庞赞雅娜怕踩坏它，立刻不走了。这时老鼠说话了："我可以给您指路吗？"

"非常谢谢你。"姑娘回答，客客气气地听完这个小动物的话。

他们继续向前走，来到一个深谷，看见树旁坐着一位老妇人。这个丑陋的老妇人蹒跚地走过来，说："往前走，有个岔路口，你走那条小路，千万别走大道，走大道要倒霉的。"

"谢谢您的指点，老妈妈。"姆庞赞雅娜回答，"我一定按您说的做，走小路。"

他们一行很顺利地往前走。后来，他们前面嗖地钻出一只可爱的小白兔。小白兔伸伸腰，看看姑娘，说："您快到了，我告诉您几句话：一会儿，您会在溪边见到一位打水姑娘，对她说话可要有礼貌；进寨后，他们会给您粮食，叫您磨了给大王做晚饭，您一定要用心去做；最后，当您见到您丈夫，您千万别害怕，不要慌，至少，外表要镇定。"

"谢谢你的忠告，小兔子。"姑娘说，"这些我一定都记下来，按你说的做。"

他们拐了最后一道弯，就看见了寨子。过了小溪，正赶上了一位头顶水罐的少女。这个女孩就是大王的妹妹，她问："你们这是要去哪儿？"

"我们要到那个寨子去，我希望能有幸成为大王的妻子。"姆庞赞雅娜回答。

蹒跚(pánshān)：腿脚不灵便，走路缓慢、摇摆的样子。

镇定(zhèndìng)：遇到紧急的情况不慌不乱。

"我带您去大王家。"少女说,"不过您看见他,您可别害怕呀。"

于是,姆庞赞雅娜跟着少女,送亲的队伍跟着姆庞赞雅娜,他们一行人进了寨。乐手们一路上吹吹打打,热闹异常,引得全寨的人都出来看。他们十分有礼貌地迎接了客人,拿出东西来招待他们。然后,大王的母亲把粮食交给姆庞赞雅娜说:

"你想当大王的妻子,就得先给他做顿晚饭,看你是不是一位贤惠的女人。"

姑娘立即去准备做饭了。她把粮食磨得又细又匀,不一会儿就做成了又松软又香甜的饼子。

太阳下山时,一阵狂风刮来,吹得屋子直摇晃。姆庞赞雅娜听见人们纷纷说道:"大王回来了!"她吓得正要哆嗦,忽然记起了别人对她说的话,便镇静下来,等着丈夫的到来,甚至连一根撑房的梁柱倒了,她都特别镇定。

看到进来的是一条五头大蛇,她快吓死了,不过,听见大蛇要吃的,她还是壮胆把做好的饼递了过去。

蛇王吃得可香了。"这饼真好吃!"它说,"你愿意做我的妻子吗?"

<u>霎时,姆庞赞雅娜呆了。</u>可她想起那些忠告,便大胆地笑了笑,说:"是的,大王,我愿意嫁给您。"

话音刚落,蛇王就脱去了蛇皮,变成一位又高大又英俊的小伙子,雄赳赳地站着。

"您是如此勇敢地说了这句话,我身上的咒语被解了。"大王解释说。

当晚,大王在寨子里举行了盛大的宴会。欢宴一直进行了二十天,宰牛、斟酒,乐鼓声使人们个个兴奋不已。

姆庞赞雅娜就这样做了大王的妻子。许多年以后,他们子孙满堂。而全寨在她丈夫的英明领导下,也更加安康富足了。

她和姐姐真是一点儿也不一样,"同样是做人,差距怎么这么大呢!"

谁会想到嫁给一条蛇呢!

雄赳赳(xióng jiūjiū):形容威武。

石榴姑娘

心灵的丑恶比面容的丑陋更可悲也更可耻,看看拉森的下场吧。

有一位王子,当他在切奶酪的时候,一不小心把自己的手指头切破了,一滴鲜红的血落在了白色的奶酪上。王子对王后说,"母亲,我想娶个妻子,她的皮肤一定要像牛奶一样白,像鲜血一样红润。"

"这不可能,孩子。"王后说:"世界上任何一个人的皮肤白的就不会红,红的就不会白。你可以出宫去找一找,看看这样的姑娘会有吗?"

王子出宫了,他决心走遍世界也要找到符合自己理想的妻子。

他走在路上的时候,碰见了一位妇人。妇人问王子:

"喂,小伙子,看起来你像大户人家的少爷。你这是到哪里去呀?"

王子没有答理她,他不想把自己的秘密讲给一个喜欢说三道四的妇人听。

他又上路,碰到了一位白胡子老人。老人个子不高,看起来却很睿智。

"年轻人,你要去哪里?"老人问王子。

王子说:"尊敬的先生,我很想给你说我的秘密。我正在寻找一位姑娘,她的皮肤要像牛奶一样白,还要像血液一样红润。"

"孩子啊,"老人对王子说,"世界上任何一个人,皮肤白的

红润:(hóngrùn)带有红色的细腻光泽。

睿智(ruìzhì):英明有远见。

就不可能红，皮肤红的也不可能那么白。不过，我可以送给你三个石榴，你打开看看，如果你幸运的话，也许会从石榴中发现奇迹。不过你要记住，一定要在泉水边打开。"

王子收下了老人给的石榴，就去找泉水了。半路上，王子忍不住，就剥开了一只石榴，一位非常漂亮的姑娘从石榴里跳了出来。她浑身的皮肤像牛奶一样白，像鲜血一样红。

姑娘刚一落地说道："快给我水喝，快给我水喝！没有水的滋润，我很快就会死掉的。"王子慌忙向山泉跑去，等他把水捧回来时，已经太迟了，美丽的姑娘已经死了，她的身躯就像秋天的树叶一样枯萎了。

滋润（zīrùn）：含水分多，不干燥。

快要到山泉边上了，王子忍不住剥开了第二只石榴。又一个姑娘跳了出来，和第一个姑娘一样漂亮，同样喊着要水喝。

王子急忙去捧山泉水，一不小心，水全洒光了。等他第二次捧回水时，姑娘已经死了。

这时，王子手中只有一只石榴了，王子再也不敢粗心大意了。他蹲在山泉边，小心地剥开了第三只石榴，石榴中跳出了一个姑娘，这个小姑娘更娇嫩，更美丽。

姑娘一蹦出来就说："快给我水喝，快给我水喝，没有水喝，我的生命很快就结束了。"

有了前两次的经验教训，第三个美丽的姑娘活了下来。

这一次王子早有准备，他立即从泉中捧了水滴进姑娘的嘴里，淋在姑娘的身体上。姑娘得到了泉水的滋润，显得更加娇艳了，皮肤嫩得好像能淌出牛奶似的。

王子从自己身上解下斗篷，裹住了姑娘的身体，温柔地对她说："石榴姑娘，我要娶你为妻。你先坐在这里，我去给你拿衣服，然后赶着马车来接你。"

姑娘十分顺从地爬到了泉边的大树上，安静地坐在了树杈上。

王子走了之后，有一个叫拉森的丑女来泉边打水。装满了水罐，蹲在泉水旁，看到水中有一个影子，她误以为是她自己。

她突然发现自己漂亮多了，于是长叹一声，说道：

"我是如此美丽，

命运之神就该青睐我。

既然命运之神关心我，

我为什么要吃力地到泉边来打水？"

说完，她就砸碎了水罐，高高地昂起头，回主人家去了。回到家里，女主人大骂她：

"丑陋的拉森啊，你的胆子好大，竟然摔碎水罐？看看你的丑样儿吧，你只配去打水！"

于是，拉森抱起了另一只水罐，十分郁闷地回到了泉水边。

在纯净的泉水中，她又看到了美丽的影子，她说：

"咦，我是如此美丽，

命运之神就要光顾我了。

既然有了命运之神的关照，

我为什么还要到泉水边打水？"

说罢，拉森又摔碎了水罐。回家之后，女主人再次大骂她一顿，又让她来打水。她没办法，只好又抱起一只水罐，回到了泉水边。

在泉边，拉森从水中看见一个影子。总觉得自己很俊俏，不明白女主人为什么说自己丑。

拉森不断对着泉水挤眉弄眼，坐在树上的姑娘笑了起来。听到笑声，丑姑娘拉森抬起了头，这才注意到树上还有一个姑娘，泉水中的影子是这个美丽的姑娘的面容。

拉森气急败坏，心中打起了坏主意。她对树上的姑娘说："是你害得我摔碎了几只水罐，但是我可怜你，因为你的确很漂亮。下来吧，我给你梳梳头发。"

树上的姑娘不肯下来，因为她要等未婚夫来接她。但拉森反复地劝说她："下来吧，我很会梳头呢，梳完头你会更漂亮，你的未婚夫更爱你！"

青睐（qīnglài）：对人的喜爱或重视。

俊俏（jùnqiào）：相貌好看。

丑姑娘拉森把树上的姑娘硬拉下来，给她解开头发，然后自己绕到姑娘的背后，乘姑娘没留神的时候，拔下自己头上尖尖的发夹，扎进了姑娘的头颅。姑娘倒在地上，血一滴一滴地渗进土里去了。<u>姑娘死了，渗入土地上的鲜血变成了一只鸽子，鸽子拍拍翅膀飞走了。</u>

姑娘死后变成鸽子了，以后会不会回来将真相说出来呢？

丑姑娘拉森披上王子的斗篷，赶紧爬到树上坐下。过了一会儿，王子赶着马车过来接姑娘了，看见拉森后奇怪地问："你的皮肤刚才像牛奶一样白，像鲜血一样红润，怎么现在变黑了？"

丑姑娘拉森看见这么一位英俊青年在问话，想了一个坏主意，就说：

"树叶遮挡不住阳光，我被太阳晒黑啦！"

王子又问他："你的声音怎么也变粗了呢？"

丑姑娘拉森回答：

"刚才直刮大风，我的嗓子变哑了。"

王子又问："刚才你还挺漂亮的，怎么突然变丑了？"

丑姑娘拉森说：

"太阳晒，大风吹，我的美貌受不了啦！"

王子没有办法，只好把丑姑娘拉森领回王宫，<u>但却一直拖着不与她举行婚礼。</u>

王子也对拉森有怀疑。

有一天早晨，王宫厨房的窗口飞来一只鸽子，对厨师说：

"我问你，好心的厨师，

王子和拉森结婚了吗？"

厨师回答说："还没有呢，王子仍然一个人喝酒，一个人睡觉。"

鸽子又对厨师说：

"给我喝点儿水，

给我吃一点儿饭，我用金色的羽毛报答你。"

厨师给鸽子盛了一小盒汤，又用小碟给鸽子盛了一团米饭。鸽子吃完了，抖落几根身上的金羽毛，然后飞走了。

第二天早晨，鸽子又飞到王宫厨房的窗口，对厨师说：

"我问你好心的厨师，王子和拉森结婚了吗？"

厨师回答说："还没有，王子仍然独自睡觉。"

鸽子又对厨师说：

"给我一口汤喝吧，给我一点儿饭吃吧，

我用金色的羽毛报答你。"

> 好心的厨师会不会有好报呢？

鸽子喝了厨师给的汤，又给厨师留下了几根金羽毛。

第三天早晨，鸽子又飞来了，问的话和头两天完全一样，厨师感到十分奇怪，便报告了王子。王子说："等它明天再来的时候，你想办法捉住它，然后把它送给我，让我来喂养。"

王子和厨师在屋里说话，没想到，丑姑娘拉森就在门外偷听。她知道，只要鸽子对王子开口讲话，她的身份就该暴露了，她杀害美丽姑娘的罪行也就会被人知道，于是她决心先下毒手。

> 看来，石榴娘娘的落难还未结束。

第二天早晨，丑姑娘起得比王子还早，到了厨房的窗口，鸽子刚一落地，她就用一把烤叉刺过去，鸽子死了。

鸽子的血滴在了花园里，花园里马上长出一棵石榴树。石榴树不会走动，又不会说话，所以拉森放过了它。

> 鸽子又被拉森害死了，变成了一棵石榴树，当初姑娘就由石榴中生出来，这里有意和前文呼应。

石榴树开花，结果，果实红润，十分好看。为了让别人知道她的好心，丑姑娘拉森曾把一些石榴送给别人吃。很快，城里就传说这种石榴很神奇，果实能治疗疾病，使人恢复健康。于是，许多人前来王宫讨要石榴。

最后，树上只有一只石榴了，这是全树中最大的一只，拉森想给自己吃。

没想到，一个老婆婆来找拉森，说她的丈夫要死了，恳求给她一只石榴拯救她的丈夫。

丑姑娘拉森不肯给，但王子在一旁说话了："你就给他吧，人死了就不能活了，但石榴树明年还会开花结果的。"

丑姑娘拉森非常不乐意给，但却不敢违背王子的意志，只好把那只全树最大的石榴给了老婆婆。

老婆婆把石榴拿回家，但她的丈夫却已经死了，家里只剩下她孤零零的一个人。老婆婆每天都要去教堂做祷告，有时也到市场上去做小生意。只要她一离开家，那只大石榴就绽开了，从里面走出一位美丽的姑娘，为她做饭、洗衣、打扫房间。

祷告(dǎogào)：向神祈求保佑。

老婆婆回到家里，看见桌子上有热汤热菜，家里又干净整洁，十分奇怪。

姑娘不只长相出众,而且热爱劳动,尊敬老人。

有一天早晨她去教堂的时候，就把这件怪事告诉了神父。神父说："明天早上你假装外出，再偷偷地溜回家中藏起来，看看到底是谁在帮你做家务。"

第二天上午，老婆婆唠唠叨叨地假装出了门，还在门上上了锁，然后又悄悄地溜进院子，躲在窗户下。一个漂亮的姑娘从那只大石榴里走出来，开始给她做家务。趁姑娘不注意的时候，老婆婆急忙走进房间，一把拉住了姑娘的手。

"你是谁？你是怎么进来的？帮我做家务是为了什么？"老婆婆十分疑惑。

"请不要伤害我，我全都告诉你。"姑娘十分可怜地说。于是，姑娘就把自己的身世和遭遇全都告诉了老婆婆。

姑娘就像初生的婴儿一样没穿衣服。身上的皮肤又红又白，嫩得像要滴出水来。老婆婆从内心深处疼爱她，就收留了她，还找出自己的衣服来给她穿，然后她们一起去教堂里做礼拜。

姑娘自此以后就和老婆婆生活在一起，穿着朴素的旧衣服，还常和老婆婆一起到教堂去。

一个星期天的早晨，姑娘和老婆婆去教堂的路上，恰巧遇上了王子。

"上帝啊！这个姑娘就是我在泉边见到的那个美丽姑娘！"尽管石榴姑娘十分朴素，但是王子一眼就认出了她。

王子和美丽的姑娘在众多好心人的帮助下终于又见面了。

"告诉我这个姑娘从哪里来的？"王子一把抓住了老婆婆，十分着急地问。

老婆婆吓了一跳，慌忙说："王子，她是自己到我家来的。"

然后，老婆婆就把姑娘的来历全部说给了王子听。

"你真是从石榴里来的吗？"王子问。

姑娘有些害羞，点了点头。

王子把姑娘带回了王宫，让她当着丑姑娘拉森的面，说一说自己的经历。

拉森无话可说，又羞愧又恐惧。

王子说："人丑并不可怕，但心灵丑陋最令人憎恶。你再三残害我的未婚妻，罪不可恕。现在我让你自己选择死法吧。"

"在我的身上倒满柏油！把我烧死吧！"丑姑娘拉森说。

拉森被烧死了，王子和美丽的石榴姑娘结婚了，他们过上了幸福的生活。

> 作恶的人受到了应有的处罚，这就叫作罪有应得。

捷列西克

捷列西克是个聪明、善良的小伙子,你想认识他吗?看看这个故事吧。

从前,有一个老头儿和一个老太婆。他们已经年迈,可是无儿无女,常常感到孤独和忧伤:"谁来养我们的老啊?死了以后谁来为我们送葬呢?"

有一次老太婆对老头儿说:

"老头子,你到树林子里砍一棵树,做一个小木人和一只摇篮,咱们没儿没女,就是摇摇装着小木人的摇篮也好啊。"

老头儿开始不肯去,可老太婆一遍又一遍地催,就只好做了一个小木人和一只小摇篮。老太婆把小木人放在摇篮里,一边摇一边低声哼唱:

"流里,流里,捷列西克,

我为你煮好了稀饭,

我为你做好了果酱,

流里,流里,捷列西克!"

老太婆摇啊摇,一直摇到该睡觉的时候。第二天早晨,老头儿和老太婆醒来一看,小木人真的变成了一个小儿子!老两口很高兴,给小儿子起名捷列西克。

小儿子长啊长啊,终于长成了一个标致的小伙子,老头儿和老太婆别提有多高兴啦!

捷列西克长大了,有一次对爸爸说:

"爸爸,给我做一条金船和一把银橹吧,我要下河为你们

> 流里(liúlǐ):民歌中的感叹词。

> 标致(biāozhì):人长得漂亮、端正。

> 橹(lǔ):拨水使船前进的器具。

捕鱼。"

老头儿为儿子做好了金船和银橹。从此以后，捷列西克就乘上小船去河里捕鱼，孝敬老头儿和老太婆。每次都是等鱼捕多了就卸到岸上，再下河去接着捕。老太婆每天给儿子送饭，每次都嘱咐儿子：

"孩子，听见妈妈的喊声，你就往河边划。要是别人的喊声，你就继续往远处划。"

有一次，老太婆给儿子做好了午饭，送到小河边，她喊道：

"捷列西克，捷列西克，

我给你煮好了稀饭，

快快划回小河边！"

捷列西克听到了妈妈的喊声，对小船说："小船，小船，快快划向小河边！我妈妈送来了午饭。"捷列西克把金船停在河边。他吃饱喝足，就又用银橹撑走了金船，下河捕鱼去了。

一条蛇偷听了老太婆喊捷列西克的话，就游到岸边，粗声粗气地号叫起来：

"捷列西克，捷列西克，

我给你煮好了稀饭，

快快划回小河边！"

捷列西克听见有人喊……

"哎，这不是我妈妈的声音啊！小船，小船，快快划向前。小船，小船，快快划向前！"

捷列西克摇起了橹，小船划出了好远好远。蛇等啊，等啊，什么也没有等到，就离开了河岸。

又一次，捷列西克的妈妈做好了午饭，送到了小河边，她高声呼喊：

"捷列西克，捷列西克，

我给你煮好了稀饭，

快快划回小河边！"

吃饱喝足：形容吃得很好的样子。

捷列西克会上当吗？

机智的小伙子。

捷列西克听见妈妈呼唤，对小船说：

"小船，小船，快快划向小河边！我妈妈给我送来了午饭。"

捷列西克划到了河边，吃饱喝足，把鱼交给妈妈，用橹撑走了小船，下河捕鱼去了。

蛇游到了小河边，又粗声粗气地喊：

"捷列西克，捷列西克，

我给你煮好了稀饭，

快快划回小河边！"

捷列西克听出不是妈妈呼喊，就摇起橹，对小船说：

"小船，小船，快快划向前！小船，小船，快快划向前！"

小船划得离河岸好远好远。

蛇一看它的打算又落了空，就去找铁匠：

"铁匠，铁匠，请你给我造一个捷列西克妈妈那样的细嗓子。"

铁匠答应了蛇的要求。蛇又游到小河边，喊道：

"捷列西克，捷列西克，

我给你煮好了稀饭，

快快划回小河边！"

捷列西克听出是妈妈的声音，就说："小船，小船，快快划向小河边！我妈妈送来了午饭。"

等捷列西克划到了河边，蛇就把他从小船里拖出来，带回蛇洞去了。

蛇到了洞口喊道：

"阿廖卡，快开门！"

阿廖卡开了门，蛇钻进了洞。

"阿廖卡，快把炉火烧旺，再给我把捷列西克烤熟。我要请客人来，好好宴乐一番。"

蛇请客人去了。

阿廖卡把炉火烧得很旺很旺，说：

狡猾的蛇达到了自己罪恶的目的。

阿廖卡：小蛇的名字。

"捷列西克，坐到铛上来！"

捷列西克说：

"怎么坐呀？我可不会呀。"

"快坐下！"阿廖卡喊道。

捷列西克把手放在铛上，问：

"是这样吗？"

"不，不是这样！要整个坐上去。"

捷列西克把头放在铛上，问：

"那么是这样，对吗？"

"不，不是这样！整个身子都坐上去。"

捷列西克把脚放上去，问：

"哎，怎么坐呀？是不是这样？"

"不是这样，不对，不是这样！"

"那么，请你来做个样子好吗？我可真是不会呀！"捷列西克说。

阿廖卡只得为捷列西克做样子。它刚一坐下，捷列西克把铛一推，就把阿廖卡推到炉子里去了。他盖上炉盖，又从外面堵塞了蛇洞，爬上一棵很高很高的白槭树躲了起来。

不一会儿，蛇同客人一起回到了洞门口，它喊道：

"阿廖卡，快开门！"

没人吭声。

"阿廖卡，快开门！"

还是没人答应。

"这个该死的阿廖卡！跑到哪儿去了？"

蛇只得自己打开洞门，把客人让了进去，大家围着桌子坐定。蛇打开炉盖，取出了烤好的美味佳肴，就一齐吃了起来，都还以为吃的是捷列西克呢！

蛇吃饱了就爬到院子里，在草地上翻滚嬉戏来，一边玩儿一边唱：

铛(chēng)：烙饼用的平底锅。

聪明又机智的捷列西克！

白槭树(báiqí shù)：落叶小乔木，花黄绿色。

嬉戏(xīxì)：游戏、玩耍。

"玩一会儿呀，爬一会儿呀，吃了捷列西克的肉呀！"

捷列西克也在树上唱道：

"玩一会儿呀，爬一会儿呀，吃了阿廖卡的肉呀！"

蛇听见有声音，就问："这是什么声音？"可是什么也没发现，于是接着又唱：

"玩一会儿呀，爬一会儿呀，吃了捷列西克的肉呀！"

捷列西克又唱道：

"玩一会儿呀，爬一会儿呀，吃了阿廖卡的肉呀！"

所有的蛇都感到很奇怪：这是什么声音？

于是它们就找呀，看呀，终于发现捷列西克坐在一棵白檞树上。它们一齐拥到白檞树那里，开始用牙啃了起来。啃啊，啃啊，可是牙齿磨坏了！于是它们就又去找铁匠：

"铁匠，铁匠，请快给我们打造一口能把白檞树啃倒的牙齿！"

铁匠给蛇打造出了铁齿钢牙。蛇就又啃了起来，啃呀，啃呀，眼看就要把树啃倒了……

对于捷列西克来说，这真是万分危急的时刻！

这时候，恰好飞来了一群天鹅。捷列西克请求说：

"天鹅呀，天鹅，

我思念家乡！

请把我带上，

在彩云间飞翔，

让我快些回到家乡！"

天鹅咯咯地叫着：

"我们是先来的一群！让后面的一群带你走吧。"

蛇还是在啃啊，啃啊……忽然又飞来一群天鹅。捷列西克请求说：

"天鹅呀，天鹅，

我思念家乡！

请把我带上，

在彩云间飞翔，

让我快些回到家乡！"

可是这群天鹅也说：

"我们是中间的一群，让后面的一群带你走吧。"

眼看白桦树就要倒下了。蛇歇了一会儿又啃，啃一会儿又歇，歇一会儿又啃……

第三群天鹅飞来了。捷列西克请求说：

"天鹅呀，天鹅，

我思念家乡！

请把我带上，

在彩云间飞翔，

让我快些回到家乡！"

第三群天鹅说：

"让最后面的一只天鹅带你走吧！"说完就飞走了。

捷列西克等呀，等呀，焦心地等呀，白桦树马上就要倒啦，大难就要临头啦！忽然从云端飞来一只孤鹅。捷列西克请求说：

"天鹅呀，天鹅，好心的天鹅，

我思念家乡！

最好心的天鹅呀，

请你快快把我带走，

蛇就要害死我啦！"

天鹅说：

"快坐到我身上来吧！"

捷列西克坐到了天鹅的背上，天鹅吃力地驮着捷列西克，它飞得很低很低，蛇在后面紧紧追赶，眼看着就要追上了……可是呀，最后还是没有追上！

天鹅好不容易把捷列西克驮到家，放到一个土台上，自己在院子里走来走去地吃草。

捷列西克坐在土台上，听着茅屋里的声音。原来老太婆正在烤馅饼，她从炉子上取下两个馅饼说：

飞翔(fēixiáng)：盘旋地飞。

捷列西克突然回到家,他的父母会多么高兴啊？

"老头子，这是你的，这是我的！"

捷列西克在土台上说：

"那我的呢？"

老太婆又取了馅饼，说：

"老头子，这是你的，这是我的！"

捷列西克又说：

"那我的呢？"

老头儿和老太婆听见有人在说话。

"老头子，外面有人说话，你听见了吗？"

"该不是你听错了吧？"

老太婆拿了馅饼又说：

"老头子，这是你的，这是我的！"

"那我的呢？"捷列西克坐在土台上说。

"真的，是有人在说话。"老太婆说着就走到窗户跟前，看见捷列西克坐在土台上！

老头儿和老太婆赶紧跑出屋，拉住捷列西克的手，把他领进了屋子，三个人可真是喜笑颜开呀！

天鹅在院子里来回走着。老太婆看见了，说：

"多好的一只天鹅呀！让我去捉住它宰了吃。"

捷列西克说：

"不能，妈妈，千万不能，你应当好好喂喂它！要是没有它，我可就回不到你身边来了。"

他们让天鹅吃饱喝足，天鹅就飞走了。

捷列西克就这样给了爸爸妈妈一个惊喜！

喜笑颜开(xǐxiào yánkāi)：心里高兴，满面笑容的样子。

吝啬王子

> 吝啬的人和节俭的人是不同的。吝啬的人往往不会有好下场。

墨西哥有个王子，十分有钱，也很吝啬。

每天他只吃两顿饭，每顿只吃一片面包外加一片香肠，再喝一杯清水；他的床上只铺着一张席子，枕头硬邦邦的；他只雇用一个仆人，每天就给仆人二分钱，仆人只能吃一个鸡蛋和一丁点儿面包。所以，没有一个仆人能在他家忍受三天以上。有一次，王子雇用了一个仆人，这个人十分<u>油嘴滑舌</u>，是全城闻名的无赖。无论主人多么狡猾，他总能恶作剧地应付，大家称他为约瑟夫师傅。

> 油嘴滑舌：形容说话油滑。是说人很虚伪，华而不实。

约瑟夫在王子家干了一天，便摸透了主人的性格，还十分看不起主人的吝啬。他的脑子灵机一动，想出了一个鬼主意。

当天晚上，他来到王宫附近的一个商铺的老板娘家里去串门。这个老板娘很有钱，还有个漂亮的女儿。约瑟夫对老板娘说："大婶啊，你家的姑娘该出嫁了吧？"

"约瑟夫师傅，"老板娘说，"你认识什么好的小伙子吗？"

"您认为王子怎么样？"

"身世倒是挺高贵的，就是吝啬。<u>他宁肯丢掉一只眼睛，也不愿花掉一分钱</u>。和这种人过日子，能幸福吗？"

> 比喻，形容实在吝啬到了极点。
>
> 约瑟夫是个无赖，为什么会帮助这个大婶呢？

"大婶啊。您就听我的，我保证您人财两得。"跟着，约瑟夫与老板娘耳语了一番。

然后，约瑟夫找到王子，对王子说："尊敬的殿下，您为什么还不结婚呢？人生苦短，要早些享受家庭的乐趣啊！"

"哼！养一个老婆要花很多钱，你知道吗？"王子叫了起来，"还有衣服、帽子、裤子、看戏什么的……不行、不行，这种事情净赔本儿。"

"殿下，就住在王宫附近的商铺老板娘的女儿您见过吗？这姑娘长得天仙般漂亮，而且光喝风不吃饭。她自己虽然有很多钱，但对于吃喝玩乐、穿衣打扮类花钱的事从不爱好，比您还要节俭呢！"

"你别胡说了，约瑟夫，一个人不吃饭怎么可以活着呢？"

"她有把奇特的扇子，每天朝自己扇两下，肚子就扇饱了。"

"真的吗？那你帮我们张罗一下，我们见个面。"

就这样，在约瑟夫师傅的撮合和张罗下，一个星期之后，王子和商铺老板娘的女儿就结婚了，商人的女儿立刻成了王妃。

撮合(cuōhe)：从中介绍促成（多指婚姻）。

每天吃饭的时候，王妃就摇起了扇子，王子则美滋滋地吃他的一片面包、一片香肠，喝那杯清水。等王子不在家的时候，商铺老板娘就给女儿送来烤肉和鸡腿，约瑟夫也跟着王妃大吃大喝起来。

一个月过去了，王子十分满意，但商铺老板娘却发牢骚了。女儿做了王妃之后，不仅不帮她干活了，而且和仆人一起都吃她的饭、花她的钱。"该让那吝啬的王子出点儿钱才行吧？"老板娘对女儿和约瑟夫说。

"知道需要做什么吗，我的宝贝？"约瑟夫早与王妃勾搭上了，他给王妃出了一个主意说，"你说想看一看王子的宝库，王子一定不愿意。你就说你要光着脚进去，空着手出来，什么都不会带走。"王妃就这样去问王子，但王子根本就不同意。王妃左说右说，并把自己的钱也献给了王子，王子总算同意了。约瑟夫慌忙给王妃在裙边涂了些胶水。

王子撬起了卧室里的一块地板，打开一道木门，他和王妃走进了地下室。地下室里的金币堆积成山，世界上最富有的国王的

> 若无其事(ruòwú qíshì)：好像没有那么回事似的，形容不动声色。
>
> 花天酒地：形容沉湎于吃喝嫖(piáo)赌(dǔ)的荒淫(yín)腐(fǔ)化生活。

财富也没有王子的一半多。王妃都快看呆了，好不容易才清醒过来。她一面感叹，一面若无其事地摆动着裙子，等她走出地下室，回到自己的房间时，发现拖裙上粘了许多枚金币。约瑟夫把这些金币交给了老板娘。于是，他们总是花天酒地，而王子却毫不怀疑自己的妻子的确能够光靠喝风而活着。有一天，王子和王妃一起外出散步，遇见了王子的外甥，他平时很少和外甥见面。

"皮诺尔呀！"王子对外甥说，"下星期天到我家来做客吧！"话刚一出口，王子就后悔了，请人吃饭，又要花钱了！可是想要改口又来不及了。

想了一个晚上，王子想了个主意。他对王妃说："我要出去打猎，打许多野味回来。不仅可以用野味招待客人，说不定还能卖几个钱呢！需要五六天才能回来。"

"好的，殿下，"王妃说，"您要保重身体。"

王子前脚刚出门，王妃就差约瑟夫去找一个锁匠来，要锁匠立刻给她配一把钥匙开地下室的门。"我的钥匙丢了，必须配一把。"王妃这样对锁匠说。

于是，王妃有了一把自己的钥匙。她走进了地下室，搬上来几口袋金币，她用这些钱买地毯、买沙发、买灯饰、买家具，他们的房间装饰得漂亮极了；她给自己买了好几套昂贵、漂亮的衣服和化妆品，这样打扮起来才像个真正的王妃；她又雇了一个厨师和一个门童，门童穿的制服都镶有金扣子，手中的棍子也有金包头。

六天过去了，王子打猎回来了，却迷路了。

"这是怎么回事？"王子不断地揉着眼睛，"我的家呢？"他在门口转来转去，不敢进门。

> 谄媚(chǎnmèi)：用卑贱的态度讨好人。

"尊敬的王子殿下！"门童谄媚地说，"您找什么，为什么不回家？"

"这是我的家吗？"

"当然，王子不在家的时候，王妃布置了这一切。"

"啊，我的天哪！"王子吓呆了，"难道我的钱全都成了这些无用的玩意儿？"

他飞快地跑进屋中，看见了白色的大理石楼梯和金碧辉煌的地毯，还有豪华的穿衣镜和奢侈的安乐椅……他一下子晕倒了，嘴里还喊着："天、天哪，我的金币……我的财产……我的妻子她……"

> 金碧辉煌：形容建筑物等异常华丽，光彩夺目。

"怎么啦？王子殿下？"王妃问他。

"你……"王子急得说不出话来，"所有的财产……你、你……"

王妃立即去找公证人和四个证人来。公证人问王子："殿下，您是不是想立遗嘱？"

> 吝啬王子死了，王妃得到了所有财产，这就是王子吝啬的代价。

这时候，王子已经说不出话了。

"所有财产都、都……我的妻子……"

"王子，请再说一遍。""所有财产都、都……妻子……"

"您要把您所有的财产都留给您的妻子，是这样吗？"王子不知咕哝了什么，但谁也听不清他的话，不一会儿，王子就气死了。

于是，王妃便成了财产合法的继承人，继承了王子毕生积聚的财富。这些财富王妃两辈子都花不完。

王子的丧事办完之后，王妃就与约瑟夫结了婚。骗子约瑟夫师傅的奸计得逞了，成了一个贵族啦！

三个孤儿

> 答应别人的事就要尽力办到，而且做人不能贪心。做到这两点的人只有这个故事中的老三，也只有老三这样的人才能过上幸福的生活。

有个人病死了，家里一贫如洗，他还有三个儿子。

有一天，老大告诉两个弟弟说："我要外出谋生挣钱了。"于是他走了，来到一座城市，沿街喊道：

"谁要雇我当仆人，我就认他做主人。"

大街旁边有一个很高的阳台，一个神态安详、高贵的绅士站在阳台上，说：

"如果你肯答应我的条件，我就雇你当仆人。"

"有什么条件，您就说吧。"

"我希望你能照我的话去做事。"

"我什么事情都能按您的话去做。"

他们谈妥了条件，老大就做了绅士的仆人。

第二天早上，绅士把老大叫过来，交给他一封信，然后对他说："带着这封信，骑着这匹马，立刻出发。不过你要记住，千万不要摇动缰绳，要不然，这匹马就会掉头跑开，这马认得路，它知道自己该去哪里，你只管让它跑就是了。"

老大骑马上路了。马跑啊跑，最后跑到了一个悬崖边。悬崖就像刀切过一样陡，崖下是万丈深渊，老大特别害怕，不由自主地拉住了缰绳，马立即掉头，飞快地跑回家去了。

主人见马驮着他回来，就说："你没有照我的话去做，你可以走了！那边有一堆钱，随便你拿多少。"

缰绳（jiāngshéng）：牵牲口的绳子。

万丈深渊（wànzhàngshēnyuān）：很深、很高的水。

老大拼命地往口袋里塞钱，把几个口袋装得满满的，都快撑破了，然后就往外走去。刚一迈出大门，脚下的地就裂开了口子，他一下子就掉进了地狱。

再说老二和老三在家见大哥出去以后就没回来，家里穷得实在撑不下去了，于是老二决定离家出走。他对老三说："我要外出谋生。"于是就走了。他和大哥走的是同一条路，走进了同一座城市，同样沿街喊道："谁要雇我当仆人，我就认他做主人。"

那位神态安详、模样高贵的绅士又出现了，说：

"如果你肯答应我的条件，我就雇你做仆人。"

"您有什么条件，尽管说吧。"

于是，他们谈好了条件。第二天早晨，老二跟老大一样，被派出去送信。当马跑到那个悬崖边时，老二和老大一样十分惊恐地勒住了马缰绳，马立刻掉头跑了回去。

"现在请你走吧，"绅士对老二说，"你没有完成我们讲好的条件。那边是一堆钱，你想拿多少就拿多少吧！"

老二和老大一样拼命往口袋里塞钱，然后走了。他刚一迈出门口，脚下的地就裂了，也掉进了地狱。

老三一个人在家里，没有田地可以耕种，吃了上顿没下顿，眼看着大哥、二哥出去就没有回来，就也想出去闯荡一番。他和大哥、二哥走的是同一条路，来到了同一座城市，也沿街喊着同样的话：

"谁要雇我当仆人，我就认他做主人。"

那位神态安详、模样高贵的绅士又出现了，把他叫进屋，对他说："我供你吃住，还给你工钱，只有一个条件，你得听我的话。"

老三同意了。第二天早晨，绅士递给他一封信，向他一一做了交代。老三骑着马，任由马向前奔跑。到了悬崖边，眼看着万丈深渊，老三吓得毛骨悚然，害怕死了，心想还不如闭上眼睛，默默祈祷一番："上帝保佑、上帝保佑……"只觉得马腾空一跃

> 贪婪的人永远都不会有好结果。

> 大哥二哥都一去不返，老三会有什么遭遇呢？
>
> 毛骨悚然(sǒng rán)：形容很害怕的样子。

而起，等他睁开眼睛的时候，马已经跨过悬崖，在另一边奔跑了。

跑啊，跑啊，他看见前面有一条大河，宽阔得就像海一样。他想，这下子我可肯定被淹死，但又有什么办法呢？"愿上帝保佑……"他嘴里念叨着，就又闭上了眼睛。只听见耳边的水"哗哗"地响，但是他的衣服根本就没湿，他又平安地过了河。

跑啊，跑啊，他看见前面又有一条河，河床要比上一条河窄多了，但河水却是血红色，看起来太可怕了。老三已经顾不得多想了，只管闭上眼睛，默念着"上帝保佑！"任凭马儿奔驰、跳跃，但河水却奇迹般地分开了，坚硬的河床裸露出来。

马儿继续向前跑，前方出现了一片森林。森林的树木十分茂密，灌木、藤蔓交错生长，密闭得就连鸟儿也过不去。老三心想，如果硬闯，还不得碰个头破血流？不过，我要是受不了，这匹马同样也没命了，还是听天由命吧！嘴里默念着"上帝保佑！"他骑着马冲进了森林。

奇迹又发生了，一条小道出现了，披荆斩棘，延伸向前，老三和马都没有受到任何伤害。

在森林的深处，有一个老头儿，正在用一片细细的麦叶子锯一棵大树。

"你在干什么？"老三问老头儿，"你想把麦叶儿当锯用吗？"

"走你的路，多什么嘴呀，否则我用麦叶子砍下你的脑袋。"老头儿阴沉着脸说。

老三不再说话了，骑着马离去了。

跑啊，跑啊，他又看见一个大拱门。拱门着火了，在熊熊燃烧，拱门的两旁各蹲着一只狮子。"我要从拱门中间穿过去。"老三想，"我可能会被烧死，但马也会被烧死的。冲吧，愿上帝保佑我们！"

老三想着，把头往马的脖子上一伏，马嗖地一下穿过了拱门。

念叨（niàndao）：因惦记或思念而不断地谈起。

藤蔓（téngwàn）：藤和蔓。

披荆（jīng）斩棘（jí）：比喻扫除前进中的困难和障碍。

拱门后面全是平坦的石板路，老三看见一个老妇人正跪在石头上做祷告，马来到老妇人的面前，就站着不动了。老三想，应该是这个老妇人的信吧？于是，他从怀里掏出信，递过去给了老妇人。

老妇人拆开信一看，二话没说，就从地上抓了一把沙子抛向空中。老三看她不再说什么了，就上了马，拉动了一下马缰绳，马掉转头回去了。

回到了那座城市，回到了主人的家，主人对他说："我想对你说，我就是耶稣基督。你骑马跳过的那个悬崖是通向地狱的斜坡；那血红的河水是我母亲的眼泪，其中掺和着从我伤口里流出来的鲜血；森林是我王冠上的刺；那个用小麦叶子锯树的人是死神；熊熊燃烧着的拱门就是地狱之门；那两只狮子是你的两个哥哥；那位跪下做祈祷的妇人就是我的母亲。你听从了我的话，给我送信，我很感谢。瞧，那边是一堆金子，你想拿多少就拿多少吧！你不用再做我的仆人了。"

老三和基督辞别，从那堆金子中只拿了一枚金币，就离开了。

走在城市的大街上，他感觉十分高兴，因为他听从了基督的吩咐，战胜了自己的怯懦，完成了基督交给他的使命。他走了一会儿，觉得肚子有些饿了，就花掉了那枚金币，为自己买了一点儿吃的和一套朴素的衣衫。他用完这枚金币以后发现口袋里又有一枚金币。不管他用去了多少次，口袋里总是有一枚金币。他盖了新房，买了土地，娶了媳妇，过上了幸福的生活。

> 耶稣基督：耶稣基督教所信奉的救世主，认为耶稣是上帝的儿子，降生为人为了拯救世人。基督：基督教徒对耶稣的称呼。

> 辞别（cíbié）：临行前告别。

匣子的秘密

> 不论到什么时候，遇到什么困难，只要有希望，一切就都会变好的。

在欧洲一个很遥远的地方，有一座美丽的城市，住着一个小男孩，他叫埃皮迈索斯。埃皮迈索斯是一个孤儿。为了不让他太寂寞，一个和他一样也是孤儿的小女孩，从很远的地方来和他一块儿住，他俩成了亲密的伙伴。这个小女孩名叫潘多拉。

当潘多拉第一次走进埃皮迈索斯的小房子时，首先看到的东西是一只匣子。她于是问道："埃皮迈索斯，匣子里有什么东西啊？"

"<u>这是个秘密</u>。"埃皮迈索斯回答说，"关于这只大匣子的问题你以后别再问了，它放在这儿，是为了保险，我也不知道里面是什么。"

> 这句话为下文埋下了伏笔，也引起了后文。"匣子里到底有什么？"每个人都想知道。

"谁送给你的呀？"潘多拉问，"它是从哪儿来的呢？"

"这也不能告诉你。"埃皮迈索斯说。

"真讨厌，为什么我就不能知道！"潘多拉嚷着，撅起了小嘴，"这讨厌的匣子为什么非放在这儿不可！"

> 撅(juē)：翘起。

"管那么多干吗，咱们出去玩玩去。"埃皮迈索斯赶紧把她拉走了。

他们俩出去玩了一会儿，潘多拉很快就忘了匣子的事。可一回到屋里，她不知怎么的又想起这件事了。

"这匣子是谁的呢？"她不住地问自己，又问埃皮迈索斯，

"到底装些什么呀!"

"我跟你说过多少回了,我不知道里面装的是什么。"埃皮迈索斯说。

"咱们把它打开。"潘多拉坚持说,"我们就可以亲眼见到它里面装的是什么啦。"

"潘多拉,别胡思乱想啦!"埃皮迈索斯喊道,他对潘多拉的这个想法感到吃惊极了。

"那你说,这匣子谁给你的。"

"你真会胡搅蛮缠,就在你来之前,有一个披着奇怪的斗篷的人,把这匣子放在门口。这个人还戴着一顶奇奇怪怪的帽子。帽子上有一块东西是用羽毛做的,帽子好像长了翅膀似的。"

"噢,你说的就是他呀。"潘多拉说,"他是奎克斯立瓦,我们俩一起来的,一定是他想把匣子送给我。我想匣子里装的是给我准备的漂亮衣服,也可能是给咱们准备的玩具,或者是好吃的食物。"

"但愿如此吧。"埃皮迈索斯说,"可是他人还没有回来,只有在奎克斯立瓦回来后,我们才能打开它,咱们还是不要打开了吧。"说完,他就去外面玩了。

"你真是大傻瓜。"潘多拉咕哝着。

潘多拉一直盯着这只匣子不动。它是用一种非常漂亮的深色木头做的,潘多拉都可以从匣子表面的亮光中看见自己的脸庞。

潘多拉漂亮的脸,映在匣子盖的中央,潘多拉经常看到匣子映照的自己的脸,她也看了潘多拉那么多次,她一会儿冲潘多拉微笑。潘多拉看了一会儿,有些害怕。

这只匣子与别的匣子不一样,没有锁和钥匙,一根金锁链挂在上面捆住了它。

潘多拉自言自语道:"我能解开这根链子,还能再捆上它,这样做也没有什么关系,我不打开匣子就行了,就是锁链开了,我也不打开它。"

胡搅蛮缠(hújiǎo mánchán):不讲道理,胡乱纠缠。

斗篷(dǒupeng):披在肩上的没有袖子的外衣。

潘多拉终于没有抗拒得了诱惑,匣子里会有什么呢?谜底马上就要揭开了。

她正在发呆乱想的时候，不小心轻轻碰了一下锁链的扣，这个金锁链自动就解开了，真像变戏法似的，匣子上那个拴着的东西不见了。

潘多拉想，天哪，如果埃皮迈索斯看见匣子上的扣儿开了，我该说什么呢？他会怪我的，我怎么才能使他相信，我根本没有看过匣子里面的东西呢？

忽然她又想，既然埃皮迈索斯会认为我看了里面的东西，我为什么不偷偷地看看呢？

匣子盖上的脸朝她微笑，好像在说："打开吧，没关系！"潘多拉好像听见匣子里有很小的声音也在说：

"我们想出去，好潘多拉，求求你了，放我们出去吧！我们会成为你的朋友！"

"真是好奇怪呀，这是怎么回事？匣子里有活的东西吗？我就看一眼，然后像以前那样牢牢地拴住匣子盖，看一眼要不了命的吧。"潘多拉想。

埃皮迈索斯一直在跟别的孩子玩，他忽然想回去找潘多拉。回去的路上停了一会儿，采了些花——玫瑰、百合和黄色的杏花——他用这些花编了一个大花环，想把它送给潘多拉。埃皮迈索斯走到家门口，蹑手蹑脚地进去了，想吓潘多拉一跳，但是此时潘多拉已经把手放在匣子盖上，刚想打开匣子。如果埃皮迈索斯大喊一声，她也许不会打开，可是埃皮迈索斯没有大声说，因为他和潘多拉一样对匣子里到底装了些什么感到很好奇。如果里面有好东西，他也可以拿走一半，他这样做真是同潘多拉一样的傻，他们要受一样严厉的责备了。

忽然门外雷声大作，可潘多拉根本没听见。她掀开盖看了一眼匣子里的东西。突然，她看到好像是一群带翅膀的虫子从匣子里飞了出来：虫子从他们身边飞过，这时，埃皮迈索斯很痛苦地大喊着：

"哎哟，疼死我了！可恶的潘多拉，你打开匣子干什么？"

> 西方有句谚语叫"好奇害死猫"！用这个形容此时的潘多拉恐怕再合适不过了。

> 蹑手蹑脚（niè shǒu niè jiǎo）：形容走路时脚步放得很轻。

潘多拉慌忙放下匣子盖，想过去看看埃皮迈索斯出什么事了。这时，她听到一种嗡嗡的声音，声音震得人耳朵发疼，好像有很多很多的苍蝇蚊子在飞来飞去。一会儿，她看清了这些可恶的小东西，这些小东西的翅膀像蝙蝠，尾巴上长着一条长长的刺，这刺蜇得埃皮迈索斯嗷嗷直叫。过了一会儿，潘多拉也疼得大叫起来了，一只飞虫落在潘多拉的前额上，要不是埃皮迈索斯及时跑过来把它赶走，这个小东西肯定会狠狠地蜇潘多拉一下。

孩子们根本不会想到这些东西是整个人类的祸害。这些东西包含了一些坏的事情，有坏脾气、担心和一百五十个哀愁，还有许多疾病，它们的罪恶远远大于它们的益处。所有的忧愁和担心都在这只神秘的匣子里，自从埃皮迈索斯和潘多拉保存这个匣子以来，世界上许许多多幸福的孩子们没有遭受过伤害。从他俩看守匣子到现在，世界上的大人们不再为一些事感到伤心，孩子们没流过一滴伤心的眼泪。

可是现在，烦恼飞出了窗外，飞到了世界各地，人们感受到了各种各样的哀愁。

这时，潘多拉和埃皮迈索斯又回到了小屋里，埃皮迈索斯很生气，坐在墙角背对着潘多拉，潘多拉趴在匣子上，哭得可伤心了。

突然，她听到匣子里好像有声音。

"什么东西？"潘多拉猛地抬起头来。

"你是谁？"潘多拉问。

一个细细的声音悄悄地说："你打开盖儿，就知道了。"

"我不想再看了。"潘多拉说，"我已经开过了一次匣子了，里面那些可恶的小虫子在世界上到处害人。"

"噢！"那声音又说，"它们不是我的兄弟姐妹。打开盖儿吧，我保证和它们不一样，你会欢迎我的。"

这声音美丽动听，潘多拉和埃皮迈索斯不约而同地把盖子打

蜇（zhē）：蜂、蝎子等用毒刺刺人或动物。

匣子打开了，很多的痛苦、哀愁飞入了世界，可除此之外，有没有好东西呢？文章又一次留给我们一个疑问。

不约而同（bùyuē értóng）：没有事先商量而彼此见解或行动一致。

开了,里面飞出一只小虫子,它很快活、微笑着、长得很漂亮。它飞到埃皮迈索斯那儿,在刚才被烦恼蜇过的地方,轻轻一碰,埃皮迈索斯立刻就不疼了。然后,这个快活的小虫子吻了潘多拉的前额,她的疼痛也立刻消失了。

"漂亮的飞虫,你是谁呀?"潘多拉眨着眼睛好奇地问这个小虫子。

"我叫'希望'!"这个小虫子被阳光照耀着,"当世界上的家庭摆脱了烦恼,我就被装进了这个匣子,来安慰人们。"

"你和我们会一直在一起吗?"埃皮迈索斯有些心急。

"你们这一生,我都会和你们在一起。"希望说,"我保证不会离开你们。你们并不会一直都看到我,以为我不在了,可也许在做梦时,你们会发现我在你家的房顶上,我的翅膀在发光。"

自此以后,烦恼虽然在世界上到处乱飞,给人们带来痛苦,可是希望这个带着彩虹般翅膀一直飞翔着的小东西,总会给人们医好烦恼,带来舒适和美好的感觉。

安慰(ānwèi):心情安适。

是的,人生有希望,才会有未来。这就是这个故事的意义所在,什么时候都不要放弃。

七头蛇妖与魔巾

> 做了许多坏事情，自然不会有好的下场。看看七头蛇妖这个坏家伙有什么下场吧。

这个故事讲的是干过许多坏事的七头蛇妖是如何被杀死的。

七头蛇妖**蛮横**霸道，十分凶残，不管是谁，只要稍不顺它的意，它就吃人。被它害死的人不计其数。

一天，有个叫雷尼西巴芒加的人，在路上碰见了七头蛇妖，说了一件特别不起眼的小事，两人的看法不一致。这件事本来再平常不过了，谁是谁非，这有什么大关系呢。可七头蛇妖却大动肝火，扑上去就打雷尼西巴芒加。雷尼西巴芒加不想吃亏，也还了手。于是两人便扭打起来。当然，雷尼西巴芒加打不过七头蛇妖，只几下就被打死了。

雷尼西巴芒加有个儿子，当时年纪尚小，他叫西巴芒加。

西巴芒加长大以后，问妈妈："谁杀死了父亲？"

"不知道。"妈妈回答，但脸上显示出十分恐惧的神情。

西巴芒加是个爱**刨根问底**的孩子。他以后又问过妈妈好多遍，妈妈每次都说不知道，每次脸上都很害怕。西巴芒加更怀疑，他又去问妈妈很要好的一个同村老奶奶，老奶奶便把他爸爸被害的经过告诉了他。

西巴芒加听了以后，气得肚皮都要炸了，他发誓要把七头蛇妖杀死，为父亲报仇雪恨。

"孩子。"老奶奶说，"七头蛇妖不好惹呀！它有七个头，你一个孩子根本不是它的对手，就是一个大人也打不过它。"

蛮横(mánhèng)：态度粗暴而不讲理。

刨根问底(páo gēn wèn dǐ)：指盘问，追究事情的根由、底细。

> 凡事只要你下定决心，有信心，就一定会有成功的希望。

"我管不了那么多了，反正我下定决心了，不把七头蛇妖杀死，我睡不好觉。"

"听说巫师索尔特挺有能耐的，他有许多宝贝，你去求求他，他会有办法。"

西巴芒加辞别了母亲和老奶奶，就上路了。他走了很久，才找到索尔特。他向索尔特说明来意，索尔特很同情他，给了他一块闪着蓝光的银元，就是通常人们所说的"魔币"。

> 迎刃而解（yíng rèn ér jiě）：比喻主要问题解决了，其他的问题就很容易解决了。

于是，西巴芒加去找七头蛇妖了。他没带任何武器，也没带任何行李，因为这块魔币很有魔力，无论遇上什么困难，都能迎刃而解。

七头蛇妖住在遥远的地方，要到那儿去，一定要越过一片大海。西巴芒加来到海边，把魔币浸在水中，然后祈祷说："魔币啊，魔币，假如你真是法力无边，就帮我一下忙吧！让我度过这一劫。一天不杀死七头蛇妖，我就一天安不下心。"

真灵！西巴芒加刚说完，眼前就出现了一条平坦的大路，汹涌的海水都退居他身后。

西巴芒加越过大海，继续往前走。走着走着，来到一片草原，草原上长着许多高大的树和漂亮的花儿。因为草原上不容易看清方向，西巴芒加便爬上一棵高大的罗望子树去观察。

> 罗望子树（luó wàng zǐ shù）：又叫凤眼果，南方植物。

树下有个水泉。这时，正好从远处过来一个女人，头上顶着一个水罐来打水。西巴芒加偷偷地用魔币照了一下她的脸。

这个女人打水时，从泉水里看见了自己的影子，高兴得发了狂："啊！我长得这么漂亮啊！我过去还一直认为自己长得很普通呢，我再也不能给七头蛇妖做丫头了，像打水这种粗活应该由别人来干！"说完，她扔下水罐，扭头就走。水罐被摔得粉碎。

回到七头蛇妖家里，她遇见一个叫科南西斯的老丫头。

"你打的水呢？水罐呢？"科南西斯问她。

"一个妖怪追我，我逃跑时摔了一跤，水罐摔碎了。"她撒谎。

这时，科南西斯看清了她的脸。发现她忽然变得这么漂亮，特别奇怪，问她刚才去哪儿了？她照实说了，科南西斯赶紧跑过去，看看怎么回事。

科南西斯一口气跑到罗望子树下，见水罐还好端端地放在那里。这可奇怪了！原来刚才西巴芒加拿魔币对着碎片一照，水罐就复原了。可科南西斯不知道。刚才来打水的丫头讲的话到底是真的还是假的。她也拿水罐去水泉打水。她对着水泉照了一下，马上惊喜地叫起来："啊！太好了！这是仙泉，可以让人返老还童。谁都知道，我本来是一个老太婆，经泉水照了一下，成了一个年轻的姑娘了。"

西巴芒加多聪明啊。

其实，科南西斯错了。使她变年轻的并不是水泉，而是西巴芒加的魔币。她一到那儿，西巴芒加就拿魔币偷偷地照过她的脸了。

罗望子树的树枝摇动了一下。科南西斯抬头一看，看到了西巴芒加，便问道：

"小子，你哪儿来的？"

"我从海洋那边来的。"西巴芒加回答。

"你叫什么名字？"

"我叫西巴芒加，是雷尼西巴芒加的儿子。七头蛇妖过去杀死了我的父亲，我今天专门来报仇。"

西巴芒加多勇敢。

"什么？报仇？七头蛇妖可厉害了，它会杀死你。你赶快逃走吧！"

"不！不杀死七头蛇妖，我决不离开这儿。"

"七头蛇妖是我的主人，我不想让你杀死它。"

科南西斯说完，便大声喊叫起来。西巴芒加不让她喊，但她还喊个不停。西巴芒加拿魔币往她额头上一碰，就听"咕咚"一声，科南西斯就躺下没气了。

西巴芒加见科南西斯要帮助七头蛇妖，非常生气，干脆把她的皮剥了下来披在自己的身上。于是，他扛着水罐，学着科南西斯的样子，向七头蛇妖家里走去。

七头蛇妖有个儿子，正坐在门口玩儿。他问西巴芒加是谁，西巴芒加说是科南西斯。七头蛇妖的儿子觉得这个人根本不像，心里产生了怀疑，就去告诉了父亲。

"爸爸！这个打水的不是科南西斯，让我杀死这个骗子吧！"

"是真是假，我还不敢断定。"七头蛇妖说，"你先去试探一下，如果你打她，她还手，就证明她不是老丫头科南西斯。"

七头蛇妖的儿子跟西巴芒加打了起来。因为西巴芒加有魔币在身，特别有力气，他打了几个回合，就把七头蛇妖的儿子打死在地上了。

"好哇！你敢杀死我的儿子！"七头蛇妖气急败坏。一说话，七张嘴里一齐往外喷浓烟。

"是你先杀死了我的父亲。"西巴芒加理直气壮地说。

"那么好吧！咱们就来较量一番。"

"我来这儿就是为了跟你拼个你死我活的，我一定要为父亲报仇！"

他们开始激烈地对打起来。西巴芒加的魔币简直就像一把大刀，只碰了碰七头蛇妖的一个头，这个头立即就掉了。

"失去了一个头！"七头蛇妖毫不在乎地说，"我的头还多着呢。"

西巴芒加又用魔币把七头蛇妖剩下的六个头全砍了，七头蛇妖一个头都没有了，它这才不叫了。

七头蛇妖的奴隶见七头蛇妖死了，一起拥上来围住西巴芒加，请求西巴芒加做他们的主人。

"您把这个作恶多端的妖怪杀死了，我们万分感激你。请您做我们的新主人吧！七头蛇妖家里的财产全部归您所有。"奴隶们说。

"好吧！你们跟我一起回故乡吧！我的故乡在海的另一边。"西巴芒加说。

"可我们没有船怎么过海呢？"

"这个好办！既然我能过来，你们就能过去。"

于是，大家把七头蛇妖家中所有的财产全带上出发了。来到海边，西巴芒加又把魔币放在水中浸了一下，海里立刻出现了一条大船。

过了海，还没有到家的时候，西巴芒加派了一个奴隶去家中送信，让母亲不至于受惊。谁知他妈妈误会了，还以为儿子被七头蛇妖吃掉了，这个人是来报丧的呢。

西巴芒加的母亲一害怕，吓死了。

理直气壮(lǐzhí qìzhuàng)：理由正当充分,胆子就壮,说话就有气势。

作恶多端(zuòè duōduān)：做坏事太多。